虫喰仙次

TakehiRo
iroKaWa

色川武大

P+D
BOOKS
小学館

目次

遠景

御年《みとし》さんのことを記したいが、御年さんのことをよく知らない。

御年さんは私の父の一番末の弟である。十二人兄弟の長男と末の弟だから、二十近く年齢が離れている。彼等全体の父親、つまり私にとっての祖父が急死したとき、一番末の妹は三歳、御年さんは六歳だった。したがって残された大所帯が、ほぼ長男を中心にして秩序をたてた。最近、父の文箱にある古い手紙類を読む折りがあったが、大勢の弟妹たちが或いは粛然として長男の威令にしたがい、或いは多少のさざ波をたてながら、とにかく交流しあって生きている様子をかいまみることができた。

この家は祖父の代に破産し、その折りの借財の後始末もあり、加えて弟妹たちを一人前に仕立てあげねばならず、彼等の母親および長男の負担は大きかったことと察しられる。妹たちのつれあいに再婚者が多く、また長男の結婚が一番最後になっているなどの点にその色を見ることができる。妹たちの婚姻に際しての一々の心情を推しはかるすべもないが、しかしいずれも失着の色なく、婚家で花を咲かせている。結婚前、結婚後に、それぞれ病を得て若死した妹二人、それに御年さんをのぞいて、弟たちもおおむね順調であった。

さて、自分が発信した手紙は手元に残るわけがないが、父の場合はちらほらとある。これは父が軍艦に乗りこんでいて、成育中の弟妹の居る生家に書き送っていたからである。ここに一二通ご紹介したい。いずれも若死した妹に書き送ったものだが、昔の人は、達筆、能筆だったと思う。電話ができて後、私どもは特に筆をとらなくなり、もはやこういう手紙は記せなくなった。

日ましにあたたかく相成り、昨日今日、御いたずきの身の、さぞやおつらき御事と推し候。遠くいだしいたる身の、心のみ遣わるることのうたてさよ。

いでや、日頃の消息書きつらねて、せめてお退屈のまぎらわしともなれとて。

――蓄音機おそばにありと承わり、近々レコードお送り申し候べく、――小生の選択いたせしもの、お気に召さなば、耳の加減怪しからん、耳鼻咽喉科にかかる必要になるか、呵々。

只今、豊後の国佐伯の沖に罷り在り、昨日は別府に参りしなん。艦隊は皆当方面に集合、日々豊後水道の中央に出て、南下しつつ射撃訓練に従事いたし居る。此方面は大正三年頃、小生、三等水雷艇艇長として哨戒勤務いたした海面にて、山も、岬も、旧知のなつかしみも有之候。八月十日頃までは当方面にていそがしきことにござ候。我れ等年中の働く期節も、後十数日にて過ぎ去るかと思えば、多少楽しみに有之、人間はやっぱり楽はしたき者に候よ。

近頃殺風景なる月日のみ打ち続ける毎日なるべし。誰いうとなく、艦内に草花、植木など持ちこみ愛撫する者多く相成り候。桜草、ゼラニューム、さては名も知れぬ草花、松、竹、梅、朝顔まで培養いたし居り、朝な夕な、後甲板に打ち並べては、罪なき批評に花咲かせ申し居り候。実際の花はよくて三日、悪しくばその日のうちにしぼみ果てる、多分、水の金気、塩気あるためなるべし。港々に入る度ごと、新しき鉢の増し申し候えども、片はしより水葬され終るは遺憾にて、小生も桜草を呉水交社に入院せしめ、チューリップは水葬、今は寿永かれと竹を愛育いたし居り候えども、枯れたるは残念に存じ居ります。

御なぐさみまでに本艦の乗員、御紹介申し候わんか。

司令官勇七君は、頬に戦傷の痕あざやかなる長大漢、東北のズーズー弁にて縁日の植木を値切り倒して携帯、ポックポックと帰艦遊ばさる。

先任参謀信次郎君は、華奢な男、おとなしいこと無類なれど、潜水艦乗りとしては、日本海軍中の錚々たる者、家庭にも真面目にご奉公さるるようなり。

後任参謀清英君は、日清戦争の勇士志摩大尉の孤児、艦中一の好男子、新婚早々にして夫人は東都にあり、だいぶおめでたきようなれども、なにせ青春鋭気盛んなり。本職の無線電信で揚げ足とられた場合のほか、鋭気颯爽。

戦隊機関長川上君は、温厚の長者、何もせずに、飯を喰らい、月給を貰い、しかして談す。

艦長元治氏は、禿頭第一番、肥大短軀、ヒッツコイのとお若いのが特色、佐賀の産、助平第一番也。

副長鉄君は、お坊ちゃんなり。江戸ッ子を以て自任し、江戸趣味を推奨す、歌舞伎にくわしけれども職掌柄のことは何も知らず、艦長にだいぶ剣つくを喰って、弱々しき胃腸カタルの身体をいよいよ萎縮させ、形容枯木のごとし。年末までもつかな。

砲術長忠ちゃんは今春、流行性風邪より胸を病み、健康なお復せず、仙台の産、斗酒顔にあらわれず、ときどき身体をこわしては、さらに養生大切と心がける、髭面第一なり。

航海長柳さんは好々の善人、ときどき洒落をいう、説明せられずば解し難し。航海室の艦副長の下にあっていじめられること一番也。

運用長政君は独身者、ひやめしなれば品行おさまらず、痩身よく上陸す。埼玉の産、旅行好きが感服すべき一点なり。焼鳥みたいなご面相にて案外もてるが奇妙也。

機関長成二君は日本海軍著名の男色家、兼ねて女色も漁すること飯を喰うより大事の男なり、だだっ子にして喧嘩ばかりしたがる物騒者、筋肉張りて器械体操の名人也。

一番分隊長加藤君はいっこく者、伊予の産、新婚早々にして少々角のとれきたりたるとの評高し、丈低くして、疎髭満面の凹凸を埋む。二番分隊長は鹿児島の産、芋焼酎を好む、眉肥え西郷のごとし、精力第一也。三番分隊長は先日新婚ほやほや、大阪の産、突飛な大声を発するを以て名高し、家庭の道具なお揃わず、来てはいかぬと訪問謝絶を広告す、なるほど玄関払いより当世なり、感心す。新夫人に尚拝眉の折りを得ずも、先般、南京豆を艦に送らる、士官室にてとみに評判よくなる。

軍医長は夫人との交情密なるをもってきこゆ。まったく閉口なり。夫人は美人なり。子供のない仲よし夫婦は、僕は閉口だ。呵々。

オヤ〳〵、くだらぬことを永々と書きつゞり、時節柄、紙がむだか。

可愛い妹　富《ふ》ウ公へ

もう一通、末妹にあてた手紙。これも長くて、かゆいところに手が届きすぎる文面がやや異様でもあるが、私の父は何事につけ、いったん手をつけると凝る男で、他の弟妹たちへも長い手紙が折りに触れていったと思う。しかし、諸事すべてを凝りとおすことはむろんできない。文中の交情は濃やかで、この点は飾りでなく、まったくそのままの気持であることは息子の私がよく承知している。多分、弟妹たちにとって信じるに足る兄であったろう。だからといって問題がないわけではなく、父の内心を長く苦しめる件も出来した。そこのところが、傍目には面白い。

廿一日附御状披見仕り候。実は、貴嬢御健康此頃損ぜられ居たるやに聞きおよびしまま、左右に迷い居る儀に有之候。今回の御書面には、肝心の御健康状態については、例によって一言半句の御報告もなく、甚だ其意を得ざる次第に存じ候。お記しなきは善からざる為かとも存じ候えども、おかくし相成るは宜しからずと存じ候。貴嬢は元来、卑屈の性質につき、御自省可有之。

金五拾円也、為替にて同封致し置きます。食費を大坪氏（姉婿）へ差しだしたる後は旅費に有之候。女の旅につき余分に持たせたる儀に有之候。貴下は子供にあらず、一人にて御帰京可有之。途中の心附、懐中物の要心は御承知の事と存じ候。万一事起り候節は、電報為替という便宜有之候条、心安く御旅行可有之。汽車は初旅また長途につき二等（中級車）で可被為、夜汽車なれば寝台（下段）を前以て御契約、昼なれば座席を前以て御契約可然と存じ候。いずれも三日前より売り出し申します。当日にては売切りのこと有之候。時間は成る可くば、朝其地発、晩当地着の昼間の急行がよろしからんと存じ候。荷物は切符を牛込駅まで買い、手荷物に御預け可相成、手廻り少なきが都合よろしく候。もっともこれは或いは東京駅まで買いたる方、市内配達を頼むがよろしきかとも存じ候。

赤帽は荷物一個幾何との相場あり、大概五銭か十銭なり、まず一個十銭の算定にて渡さるれば宜しく候。列車給仕の心附は若い女の一人旅ではかえってなさぬ方よろし、電報でも発電方依頼せし場合は、其の時廿銭ほども遣わさるべく、寝台の用意以外に私用を命じたるときは五十銭ほど心附け可相為、総じて知らぬ顔の方無事也。汽車のことにつき質問は「旅客係」なる腕に赤布を捲きたる者に問わるる方よろしくと存じ候。もっとも質問をご遠慮になる必要は無之、給仕も必要あらば、どし〳〵ご使役可相成候。

寝台券、座席券には、列車番号、客車番号、寝台番号或いは座席番号記入しあり、列車番号はもちろん其の列車の番号、客車番号は乗るべき客車が前部より何番目なるかを示すものにて、通例乗車口の側方、客車外側に、5のごとく標板を掲示いたし居り候条、其の数字を目標に指定客車に御乗車されるよう、しかして其の客車の給仕に寝台券（座席券）をお渡し相成り候わば、貴下の寝台座席に案内し、切符の半分を返し、降車駅を質問におよぶ、是れは降車駅到着前に、起したり注意するために有之候条、東京とご返答可有之候。（切符、急行券は改札口にて、ハサミを入れますが、寝台券座席券は列車中にて給仕に半分渡し、残る半分は降車駅改札口にて切符等とともに駅員に渡します）

御帰京日時、列車御決定の場合は御通報有之べく、尚乗車前停車場より発電可有之候。東京駅まで拙者迎えに参り申すべく候。

切符等はときどき調べに参りますが、あまり奥深くしまいこまぬこと。但し紛失しては大変につき、御注意に相成るべし。

金銭は小出しのものと大金を別にいたしおく方安全なり、常に出し入れするガマ口には五六円もあらば十分なるも、汽車旅行には細かい金必要なり、途中にてくずす事困難なり。

貴下は軽率につき切符をなくさぬように。

土産物等買わるる必要無之、申し添えおき候。

列車中の食事は、食堂は高くてまずし、かえって窓口にて弁当を買われたる方よろし。給仕に頼めば便利なかわりに、心附けを遣る必要あり、自分で窓口より買う方よろし。弁当は大概まずし、乗車前サンドウキッチ果物等用意できれば結構なり、列車窓口にては静岡にて夕食分を買う位の心組みにて昼食分はサンドウキッチ果物でも買い行く方よろしからん。汽車中の断食は禁物なり、かえって気分悪しきことあり。

帰京期日は大要本月中と前回に申しあげおきしも、御健康都合にては多少考慮する要有之様に存じ候。依って無理〳〵期日厳守にも不及、身体第一につき、そのつもりにて御決定されたし。

早き分はいつにてもよろし。本日大坪氏へも礼状を兼ね、倭文子帰京せしむべき件申し送り候。

貴下只今の所、健康第一なり。生涯の幸不幸のわかれ路に立つものと存じ候条、諸事御自重無論のことに御座候。先般御健康を損じたるやの風聞あり、誠に怪しからぬことと存じます、御注意、御注意、御注意。

右思い出ずるままに書き下し申す、御判読くだされたく。

武兄

倭文殿

父方の十二人兄弟のうち、男五人、女七人。どういうわけか（異国の血の混じった形跡はないけれど）総じて背が高く、日本人離れの美貌が多い。特に男兄弟はその点で揃っており、明治大正の頃としては相当に目立ったと思う。私の父なども身長百八十数センチあり、身びいきでなく、ゲイリー・クーパーと先々代松本幸四郎を混ぜたような顔立ちをしていた。前記の手紙にも秀抜な外形を持った者の感性が半ば無意識に出ているようである。（もっとも往時の軽口は自他の外形を材料にしたものが一般的に多く、漱石の軽口にすらその弊を感じるが）私はどちらかといえば母親似といわれた。或いはそこいらも私の幼時の劣等意識を微妙に刺激したかもしれない。

私はまた、いろいろな意味で、御年さんの生まれ変りではないか、といわれることがあった。つい近年も、霊感に長じる知人から、（私はこの知人の異様な能力を軽視していないが、世にいう霊感そのものに興味を持っていなかった）背後にロイド眼鏡をかけた人物が居り、その人の執着が貴下を動かしている、といわれて、まっ先に御年さんのことを思い浮かべた。そういわれると、他人に勝る勉学も努力もしていない私などが、運よく文章を鬻《ひさ》いで暮しているのが不思議でならない。

御年さんは、私が産まれる二年前に早世している。だから私はその実像を知らず、ずいぶん探したが幼児の頃の以外、写真も見当らない。眼鏡も公的にはかけていなかったようだ。

前記したとおり、父の結婚がおそかったので、私の母は御年さんとほぼ同年齢なのである。母にいわせると、御年さんは兄弟一の美男であったそうな。

祖父系の、男性的で立派な顔立ちという点では、次男。

祖母系に近く、やや細面でエキゾチックな点では、長男と四男。

一番日本人らしく、しかも日本には珍しい端整な嫌味のなさでは、三男。

私などは、御年さんとそう年齢のちがわない四男の叔父など、老いてなお男前だと思って眺めるのであるが、

「御年さんはね、ご両親の系統のいいところばかりを混ぜ合わせたような、それはもう、すばらしいお顔だったよ。スラッとして身体の恰好もよかったし、あたしは二三度しかお目にかかっていないけど、そのたびおとうさんに叱られてばかりでね。だけど、あたたかいいお人だった——」

いくらかは、早世した人に対する思い入れも混じっているようではあるが、美男とか秀でたとかいわずに、すばらしい顔、というあたりに実感がこもっていて、私は何度もそういう顔を思い描こうと努めたのだった。

御年さんは、音楽家になろうとして、長男である私の父から勘当されたという。小さい頃、

私がきいた話はそれだけだった。往時のこの家には、私などが立ちいる隙のないような、いわゆる良家の臭いがこもっていたようだけれども、いくら大正時代でも、音楽をやるというだけで勘当とは、合点がゆかない。つまりは子供にきかせる話だったのであろう。私が成人後、チラホラといくらかの要素を耳にしたが、それでもなお、両親ばかりでなく縁者たちにも訊きにくい種類の話であり、絶えず気にかかっていながら、長いことその像をきざめなかった。

父の持っていた古い手紙類を見る折り、私はまっ先に、御年さんからの手紙を期待した。十数通、それは出てきたが、いずれも十代から二十歳すぎにかけてのものばかりである。それでも私は充分に、気持を参加させてそれを読んだ。

（舞鶴軍港気付軍艦阿蘇宛の内）

武兄様、この手紙だけもう一度終りまで読んでください。たびたび惜しい暇を無駄にさせたことをお許しください。

私は兄様の手紙よく読みました。よくわかりました。私はたしかに表面ばかり考えていました。またあまり信じるに足らぬ人々を信じすぎました。私は単に〝今の世は黄金万能〟〝金儲けは商業〟〝商業は範囲が広い〟という話を鵜呑みにして、この商業の広さはこれを使い得ない人には無用の広さだということを思いつきませんでした。そして他人の言を常に主なる考えとして自己はこれに従っていたのです。つまりあまりに弱かったのでした。前に商科へ行く考えのとき、千兄（次男）に相談したので、今度工科へ行くについて千兄に通知しました。千兄は商科を賛成されたときと同じように、一つの意見ものべずに、容易に承諾されました。商科も工科も同時に賛成してくれる千兄は私にとって非常に頼りないものでした。但し千兄は、「自分の偽らない考えをいうと兄さん（長男）はお前を少し偉く見すぎて居はしないかと思う」といわれました。僕も本気になってみましょう。本気になればそう他人から軽く見られるようなことはありますまい。私は工科は電機か機械をやってみたいと思っていますが、どちらが良いでしょう。

学校は高等学校の〆切は先日すみましたので、あとは早稲田、東京高工、横浜高工だけです。高工は試験期日が同じで、ともに英数（幾何代数立体三角）物化ですが、今まで商科の準備の英数（幾何代数）国漢だけしかやってなかったため、後一ケ月半に、立体三角物理化学はできかねますから、英数（幾何代数）国漢物化を勉強し、早稲田の理工科を受けてみようと思います。関東には他に工科の学校はありませんゆえ、早稲田だけやります。どうにかやれると思います。ご安心ください。お身体お大切に。

（大正8・2・6）

兄様お手紙ありがとうございました。

僕はたしかに兄様の思っていらっしゃるような者でしょうか。あるいはそんな者でないかもしれませんよ。僕はもと月の世界の兎のように、あの太陽の火の玉の中に住む怠けた動物かもしれませんよ。またその動物が神様のまちがいでこの辛い嫌な人間に追われて低能児という名のもとに生きねばならぬものかもしれませんよ。

虎や獅子はどんなに馴らしても猛獣です。猛獣性がいっときかくれているにすぎません。自分を本当に現わしているものは良うございますが、周囲の具合で自分自身をかくしている者は危険です。

僕は多分普通の人間ではありません。

兄様、兄様は僕に移民は泣くから駄目だとお云いになりましたね、そのとおり駄目でしょう。但し悲しみ泣くかしらん？ 多分きっと僕は悲しみませんよ。僕は普通の人間ではないのだから、兄様はじめ世の中の人と反対のときに泣くでしょう。僕は化学も機械も駄目です。

兄様、僕を上の学校に入れてくださるならなにとぞ小石川茗荷谷の殖民学校に入れてください。そうなれば僕は四五年のうちに南米に飛出します。胤兄（四男）も外国へ行くとかいっていますが、僕は胤兄さんのような賢い人とけっして一緒には行きません。行かれません。兄さんも邪魔でしょうから。僕はやはり一人です。一人で離れなければなりません。一人で行きます。ブエノスアイレス辺へ。そうしてこの不用なる弱い生意気な動物は、自分の思うことを結局なしえないで、またもとの太陽に住む怠けた動物になるでしょう。多分これで僕の生涯は終りです。どうか兄様、僕にもっとも自然な僕の歩く道を歩かせてください。まことに勝手なことを申して失礼しました。御身お大切に。

追伸、先日来、度々、兄様にお手紙を書きましたが、いつも後で自分で読んでみては破ってしまい、ごぶさたいたしました。

（大正8・2・29）

その後兄様お変りございませんか。一昨日不合格の通告を受けとりました。なんとも申しわけありません。

初日は数国漢で二日目は英化、三日目は物理でした。数学は一番自信のある学科でしたが意外に大失敗をしました。英語は英作文の方はできたと思いましたが、英文和訳がだいぶ失敗しました。その他はたいした失敗はなかったと信じます。理工科志望では数学が満点でなければ駄目だと、日頃、胤兄（四男）からきいていましたので、駄目かな、との不吉な予想が的中してしまいました。予想したとはいうものの、その的中をおそれながら、「もしかすると」「運よくいけば」などと卑怯な虫の良い考えをいだいておりました。

あとから負け惜しみのようですが、今年の数学の問題は容易なものでした。こんなもので失敗をしようとは夢にも思いませんでした。以下、問題をかかげます。

〔代数〕(1) AX^4+BX^3+1 が $(X-1)^2$ で割り切れるよう，A，B，の値を定めよ。

(2) $(\sqrt{2}+1)X^2-2(\sqrt{2}-1)X+5\sqrt{2}-7=0$ なるとき $(\sqrt{X}+1)$ 値を最簡単なる形にて表わせ。

(3) 1000＋997＋994＋991＋……に於て負号をとる最初の項を求む。

〔幾何〕(1) 相対する二辺と四つの角とを与えて四辺形を作れ。

(2) 直角三角形の直角をはさむ二辺の長さを2尺，2尺1寸とすれば内接円の半径如何。

代数では⑴番の BX^3 を BX^2 と考えちがいしたのでまったく答がちがいました。⑵番も $\sqrt{X}$ を X として計算すれば非常に容易だったのにそのままやったので、計算が面倒でとうとうまちがえました。⑶番はできました。幾何は一点の非もないほど完全にできたと思います。五題で三時間も時間が与えられてあったのに、つい「なんだこんなもの」とうぬぼれて一時間も試験場に居らずに、得々として飛びだした自分の姿を思うと誠にはずかしくてなりません。

英文和訳は、三題で三時間。

affliction をなんのつもりか affection とまちがえて、prosperity に対してどうも変だとは思いましたが、そのままで和訳しました。affliction という単語は知りませんでした。
また、have carried into old age を訳しちがえました。それから fairyland という字を知らなかったので、fair が形容詞であることを忘れて、fairy は fair の形容詞だと思ってちがってしまいました。
英作文、物理はできました。化学は四題あり、三題はできたつもりですが、残る一題、
硫化水素について次の諸項に答えよ
(a)製法及び装置
(b)物理的性質
(c)化学分析に応用せらるる特性
このうち製法の方程式をちがえ、また装置は〝キップの装置〟を用うとだけ書いてその図解をせずにきました。また、物理的性質ができませんでした。僕の知っている性質は皆化学的性質で、教科書にも物理的性質は書いてありません。

国漢はあんまり重大視しませんので充分勉強しませんで、あまりできませんでした。

英語もどうやら近頃だいぶ呑みこめたようですから尚充分やるつもりです。志望者率は理科百五十人に対し千四百八人ばかりでした。今年は官学がどこも非常に志望者の減じたわりに私学はさかんでした。

不合格はまことに申しわけありません。まことにあつかましいお願いですが、来年三月まで遊ばしていただきます。来年は工科の学校皆入学許可証をとってみせます。乱筆失礼

（大正8・4・15）

（第三艦隊軍艦伊吹宛の内）

拝啓　ふつつかな私の考えに早速御懇篤な御忠告をくだされありがとうございました。

僕は決心しました。どうしてもどうしても此の世の中で上海以外に僕を入れるような空地が存しないように思われますから。

兄様は、家から僕が離れるべくあまりに弱いとお云いになりますが、僕は母さまの膝下でいつまでも大切に育てられるよりは、少しも早く冷たい社会の風に当って、自分というものを直視したいのです。そして自分を真に理解してまじめに将来を開拓したいのです。

温室の私は真に自己に理解を持ちません。して世の中も知りません。これでは世の中にたつべくあまりに無知です。どうしても同文書院に定めます。またそのために勉強もしましょう。自分は弱い、たしかに弱い、だから上海に行きたい、彼の地でもまれれば、いかに鈍いダルな自分の頭も少しは覚醒させることができるでしょう。そして奮発することもできるでしょう。どうしてもやります。どうしてもどうしても。

二伸、僕はただ上海にあこがれているのではありません。真実に。

（大正9・3・2）

武兄様、なにかととりまぎれてついごぶさたいたしました。その後お変りございませんか。ご存じかもしれませんが、弁天町の高須の叔母さまは二十三日の夕方亡くなられました。夏姉（三女、高須姓）はちょうどこちらにいらっしゃいましたが、台湾の義兄様は二十四日東京にお出でしたが、一日のことで叔母様に生前会うことができませんでした。義兄様姉様大変なげかれていました。

僕はずいぶん努力していますが、勉強が身に入らなくて困ります。烈しい運動するわけでもなく、またしないよう努めていますが、勉強がはかどりません。少しヘビーをかけても上の空でやるのか、翌日にはあまり覚えておりません。友達のすすめで入浴をさけて、冷水摩擦をもやっていますが効果もないようです。しかし僕は努めています。覚えがわるくなったとて僕の努力が今までよりすくなくなったとは信じません。ますます努力してみます。お身体お大切に。

（大正9・日附不詳）

お手紙ありがとうございました。お変りもないご様子でけっこうですね。私も、書こう書こうと思いつつ、自分のふがいない姿につい気おくれして今日までになってしまいました。私も今度こそは勉強しました。平生の私にあらずして幸不幸の境界に立った私として――。

しかし新聞でご存じのとおり、排日や同盟休校で（同文書院は）経営困難になり、六月二日の新聞で突然、工業科廃止そして募集取消しをしましたので、三月以来の勉強が水泡に帰しました。それでも友達がそれぞれ方々の学校に片づいたのに、自分ばかり試験を受けないでこのまま一年あそぶのもつまらないと思い、同文の商業科の入学証明だけ取ろうと決心しました。一高をやってみろ、といってくだすった人もありましたが、同文の試験に不用な国漢がありますので、とても習いきれないと思って一高はやめました。ところがまた不幸にも商業科のための勉強中に、神経衰弱にかかり、商業科を受けることができなくなりました。こんな貧弱な身体ではなかったのに、鼻がわるかったせいもあってだらしのない病になってしまったのです。

実をいうと今度の勉強は大きな望みを前にした者の勉強としては、あまりに不摂生でした。勉強法もわるかったし、途中であまりあせりすぎたと思います。しかし今度の経験により自分もやればかなりできるという自信がつきました。これは単なるうぬぼれではないと信じます。実際あの頃はわからなかったことが自然にわかるし、何事でもわからないことはないという気分がします。秀才とかいわれている友人が案外頭がわるいのに驚きました。――注意、けっして誇大妄想狂のたぐいではありません。真実そのように思うのです。

たしかに私は世間をえらく思いすぎていました。私だって勉強すれば試験などおどろくことはありません。病以後、本を手にしていませんが、九月から思いどおり勉強してみます。私は東京に戻りたいのですが、矢来（生家）からは富士にそのまま居ろとのことで、一度も帰りませんので家の様子はわかりません。邦兄は元気です。先日コダックの手札形を買ってだいぶ写真熱に浮かされているようです。お身体をお大事になさい。

（大正9・8・16、静岡、三男宅にて）

そちらは大変さむいところ（小樽郵便局気付）だそうですがお変りございませんか。東京も急に寒くなって毎日七十度内外です。私も先月末、東京に戻りました。今は研数学館でもっぱら数学を勉強しております。身体は大丈夫です。東京の受験界は白熱化していますが、来年になれば僕もみすぼらしい受験生としてでなく、専門学校生徒として兄様をお迎えすることができるでしょう。きっとパスして見せます。どうぞご心配なくお身体をお大切にお願いします。

（大正9・9・20）

武兄様、久しくごぶさたいたしましたが、倭文子はよいぐあいに四谷の某女学校（名前は忘れました）に入学できました。僕の試験は昨日終りまして、英数物化国漢、英語と化学をしくじったようです。高等学校は前に兄様にお手紙いただいたときに、すでに〆切期日をすぎてましたので受けられませんでした。で、新大学令で定められた早稲田高等学院の理科です。発表は十日頃ですが、到底駄目だろうと思います。まことに申しわけもありません。これで失礼いたします。園姉、倭文子よりもよろしく申しております。

二伸、封筒が妙な色でした、お許しください。

（大正10・4・5）

先日はお手紙ありがとうございました。早速、来年の戦の準備に努力しておりますからご安心ください。数学等は家で勉強しております。英語は試験のすんだ翌日から神田の英語学校に入学しました。大変陳腐な文句ですが、来年こそおおいに活躍してみる決心です。古言に「復呉下の阿蒙に非らず」とか。来年こそは会稽の恥をそそぐ決心です。ご安心ください。

先日新聞紙上で拝見しましたが、兄様、此度は叙勲にあずかったとのこと、一同にかわりお祝い申しあげます。倭文子も一人前の女学生になって元気に通学しております。a dog, a book, a pencil などと毎日声に出して喜んでおります。

（大正10・4・16）

その後お変りございませんか。一昨日は、御祖父様（五十回忌）と父様（十三回忌）と富士子姉様の三回忌の法事をいたしました。兄様の写した富姉の写真は白百合で飾られて、それはけだかく見えました。

姉さんの亡くなったのもつい近頃のようにはっきりと覚えておりますのに、もはや三年もすぎてしまいました。その三年間の私の生活の回顧、それはずいぶんみにくいものでした。単にところてん式に中学を押し出されたというだけのこと、それだけでした。実際血気の若者の生活としてあまりにくだらなく思えます。ご存じでしょうが、埼玉県下の一介の老書生の手は「万物より銀を採取しうる」という実証をあげました。しかも学校教育も受けず、全部自分でやった其の不撓不屈の精神は、感心せずに居られません。

僕も、偉大なことをしよう、早く成功しようとする若者の本能欲で、いろいろ考えています。今は、室内空気新鮮法をやってます。近くできあがります。今までの、オゾーン発生器とはちがってもっと簡便なものです。

（大正10・6・30）

（呉軍港気付軍艦松宛の内）

（至急報）武兄様、早速本文にかかりますが、僕は近日、静岡の邦兄に職工の口を探してもらい、来月から工場に行こうと思います。急なようですが、充分考えたことです。苦しいことも知っていますがやりとおそうと思います。

僕は学校がいやになりました。僕は今まで因襲的に上の学校に行こうと思っていたにすぎないのです。単に比較的楽に地位が昇り、わりにうまいパンが得られるということによって学校に行く、それは無意義に思われます。僕は早く独立してみたいのです。但し職工を奴隷視するようなところに行きたくはないですが。

僕も二十歳です。充分やりとおせます。母様の話では、家の知合いにそんな人は居ない、反対はしないが賛成もしない、と申されました。しかしだらしない一青年が真の職工になることができれば、けっしてわるいことではなく、すこしも家名に恥じる所はないと思います。こんなにぶらぶらしている必要はないです。僕は学問に合っていません。富とか地位とか望まぬ人に学校は無意味です。僕は職工になります。

音楽は僕には常に大きな慰安です。これがあれば、いつでも幸福な仙境にひたることができるのです。どんなところに居ても、食べるに困らない金さえ得ればよいのです。兄様たちの心を裏切ってこんな方面に身を進めることをお許しください。しかし僕にはこれが楽しいのですから。

（大正10・10・22）

武兄様、昨日差上げた手紙の事柄はどうしてもやりとおしたく、兄様のお許しが出ればすぐ実施にとりかかります。千兄（次男）は兄様のお許しがでれば少しは運動してやると申しておりますが、賛成はしてません。

今までどおり、学校を出て学位を貰い、会社に勤める、それの方がよりよいことだといわれる人も多いですが、立脚点がちがいますから。楽、それはけっして人の生涯の最重要事ではありません。

どうか許してください。

甚だ勝手ですが、もし許してくださるなら「可」とでも書いて早くご返事ください。

（大正10・10・23）

武兄様（どうか終りまで読んでください）ごぶさたいたしました。お変りはございませんか。

僕は昨年の暮にお会いしてから、またはずかしいほどみじめな無為な生活を続けました。

急に勤め口はありはしないから、その間、取入れるだけ取入れろと邦兄（三男）の親切な言葉に、高等代数学から平面三角法、解析、微分、とどうにかやり続けました。しかし勤め口はなかなかありません。――それもそのはず、邦兄は探しては居なかったんです。それで邦兄のいうに、今になって騒いでも駄目だ。妄想にかられてるんだから、お前は勤め口より頭の改造だ。徴兵検査が五月に迫ったお前は、今どこの会社も採用しない。徴兵がすむまでは駄目だから数学をしろ、と。邦兄の考えは、その人を鞭打ち、盲目にしても将来の幸せにとひきずることであるらしく、あらゆる方法で頭の改造を迫ってきます。はじめのうちは職につくまでの暇のため、それから邦兄を不愉快にせしめないために、僕も数学をやりました。邦兄も、結局、僕のためを思ってあれほどいってくれるのでしょう。僕はいつも、つい眼前の好意にひきずられて、むざむざ後の悔いを知りつつも、いわゆる消極的生活に入ってしまいます。なぜ積極的に正しい道を進まないのか。愛の生活、万人を愛する生活、これが僕にはもっともよい正しい道だと思えます。僕が独立したい意味は一人前の男でありたいことです。一人前の人間でありたいとは、自分を一個の人間としてみとめられたいためです。僕は他人が僕自身そのままを受け入れてほしいのです。脛かじりの世迷言としてすべて打消されるのは残念です。また自分も思いきった活動ができません。

しかし僕もいつまでもこのままではいられないんです。

自分をそのまま受入れて貰う意味で、西田天香さんの一燈園の生活をと、昨年いろいろ手づるを求めましたが、まだ若い無考えな身体をその中にいれるというので大変反対がありまして、それに自分の思う生活と西田さんの生活は内容がいくぶん相違し、又現在の自分はキリストの愛の教えに共鳴し、教会のではなくバイブルの信者になっておりますので、親鸞の教えに依る天香氏とは相違の点もあるのでやめにしました。そうしてなるべく心の堕落のすくない田舎に勤めようとしましたが、思うようにいきません。田舎にもあまり人間は居ませんでした。大概の人は或る大きな力で人間でなくなるようにさせられています。あまり幸福でありすぎた僕は他人のゆきとどいた親切さえ、ときどき呪わしい眼で見ることがあります。恐ろしいことです。

僕がしばらくごぶさたしたのは故意です。昨年、兄様にお会いしていったことの実行まではお手紙あげまいと――、しかし実行の道々に関所がありまして、どうしても兄様をわずらわさねばなりません。邦兄に、兄様からも僕の意をお伝えください。大切な時間を僕のために使ってくださったことを御礼いたします。

（大正11・3・3、静岡三男宅）

昨日、邦兄に連れられ暗い裾野を散歩しました。すべて妄想として僕の話をきいてくれなかった邦兄さんも、今夜はすっかり自分の考えをきいてくれました。驚くことにはほとんど考えが一致していたのです。もっとも微細な点は一致しないところもありますが。これは邦兄が理論の上に立っていて、真実自分の身体を投げだして酔わないからだと思います。或いは実生活について僕の未知の部分が数々あるのかもしれません。しかしこんなことは理論ではなく、心の問題だと思います。

とにかく、他人は自分の考えを知らないんだ、自分は他人より一層深い根底に根ざしていると思っていたのは、僕のうぬぼれでした。そう気づいて、嬉しくなりました。この手紙も、兄様に差しあげるというよりは、人に聞いてもらえなかった自分をいくらかでも受けいれられた喜びでペンを動かしているようです。これによって近況をお知らせし、僕の現在を心配してくださる人をいくぶんでも安心させることができればよいと思います。

問題は実行ですが、なにしろ、消極生活は、すべてを破壊して建設するのでなく、他にあたりさわりのないようにだんだん建設するのですから、或いは因循な者に見えるかもしれません。否真実に熱あり力ある人々からくらべるといくじないやり方です。しかし自分に適するという意味でこの方法に依ったのです。一燈園の生活は自分の思うものに近似するというだけです。

一燈園についていろいろ批判があるようですが、僕には本質的に不純なものとは思えません。ただ、天香氏は懺悔を主眼としているようで、そこに主眼をおかねばならぬのでしょうが、僕には、奉仕を主眼としそれを満足し感謝する生活が、むしろ歩みやすいように思えます。淋しさ苦しさに自分の幸福がひそんでいるもののようです。人々それぞれ或る大きな力に引かれ、個々別々な使命を受けているのですから、いちように行かないことは当り前です。理想社会は、万人の肉体をもって築かれるのではなく、万人の美しい心で造られるべきです。愛を呼び戻すことこそ第一です。地上最大の不徳は、盗みでも偽わりでもなくて、「疑うな、そねむな、狡猾するな」ということです。自分は酔っているのでしょうか。そうなら永久に醒めないように。僕は西田天香さんに行きません。東京なりどこなりで勤め口を捜して実生活のうえに理想を実現しようとしています。

邦兄は、武兄から僕の身体を預かっているゆえ、許しがなければ手放せぬといいますから、兄様から一言、邦兄にお話しください。仕事は人頼みしないで自分で探そうと思います。ながなが書きました。悪筆ご判読ください。

（大正11・3・9、静岡三男宅）

私の父からの返事はむろん一通も残されていない。御年さんからの手紙も限られたこの時期だけのもので、実はこのあと、御年さんの人生は、急に変転翻弄の色が濃くなり、悲しい結末を呼んでしまうのであるが、約一年半後の一通をのぞいて何も残っていない。

一篇の小説としては、或いはここの部分に力をいれなければ尻切れとんぼの印象を呈するかもしれないが、私としては、御年さんの短い一生の中の一景一景をあれこれ詮索する気持はすくない。また想像を追加して見たような嘘を記す気持にもならない。御年さんの一生に限らず、誰の一生も、他の人間の眼には遠景のようにしか映らない。

それよりも私は、これらの手紙を一覧して、自分も御年さんと交際したような気持になった。交際というものは、やや客観的に眺める面と、我が事に関連させて相手にひっついていく面とがないまぜになるものだが、その右往左往する部分、ロマネスクで気持の優しい部分、はずれ者を意識する部分、を通じて私なりに御年さんの像を描くことができた。そうしてまた、御年さんに対する一家のあつかいもおぼろげながら察することができる。

父の返信はないが、御年さんのすぐ上の兄でいくらも年齢のちがわない四男から、私の父宛の大正九年七月の書信の中に、いくらかそのことに触れた部分がある。

――三頭政治（上の兄三人）に口出す権利はないかもしれませんが、御年のことはどういうお考えなのですか。静岡の邦兄の家で何もやらず、ぶらっかぶらっか、ハーモニカを吹いています。まるでコレラ患者の避病院みたいです。御年の全然人まかせ（或いは意志がとおらないので断念かもしれないが）も悪いんだけれども、家の方も煮えきらないではないですか。そりゃア家は御年ばかしの家ではないからいろいろいそがしいのかもしれないけれど、過激思想宣伝者じゃあるまいし、田舎に隔離したって方策を与えなければ（当人が人まかせだから）なんにもならないと思う。本人は学問がいやだという。その人をああやって四月までおいて、試験を受けさせるんでもなかろうと思う（本人は勉強しないんだから）。すぐでも口を探して会社に勤めさせたらどうでしょう。半年一年やって会社がいやで、学校へ行くといったら、そのときの話にしたら如何でしょう。本人は学校がいやなんです。そのくせ九月から工手学校程度の電気学校に入る案もあり、それなら中学出ているんだから、一二年の辛抱だ、なんていって、千兄の一笑に附せられました。ですが、なにしろ本人は全然無方針の様です。誰かが（母上でも兄上でも）快刀乱麻をたつというような考えを建設さえして計るならば、こんな煮えきらないことにはならないんではなかろうかと思います。それで家の考えと異るとかえって混乱を増すのみかと思い、御年と会ってもこのことについては触れないようにしており、いっさい、兄さんたちの手紙の家の方針・考えを見ろとしかいいませんでした。――

長男以外の兄たちもそれぞれ、個性、力量、立場に応じて案じていたであろう。しかもなお煮えきらないような状況を招来するのは、他者の人生設計を考えるとき冒険策を奨めることはできないからであって、冒険は本人が定め、強行するものだ。この場合、大正期における家というものの力が、私などには想像もおよばぬほど御年さんを圧していたのであろう。けれども、静岡の三男宅に隔離されたあたりから、御年さんは急速に、家を遠ざかりはじめる。左は大正十二年九月二十八日、兵庫県芦屋発信の御年さんの手紙である。

前略　私は十一日出発して予定通り名古屋で降りましたが、目指した所は半斤のパンでことわられ、名古屋青年団の手で梅田（大阪）に送られました。女学校に収容され、職業紹介所ではコックの募集はないといわれましたので、料理店やホテル皆廻ってみましたが、徒労でした。十五日神戸に行きましたが、ここも同じ、軍用金は少くなるし、先にあては無し、芦屋の胤兄（四男）を訪ねて泊らしてもらいました。渡辺英一さん（長姉の娘婿）の所を教わり、その晩すぐ訪ねてどこか紹介して貰おうと思いましたが駄目でした。（特に紹介でもなければどこでもうるさがって、なかなかチーフコックが会ってくれません）大坪さん（四姉の婚家）でも紹介する所がないとの由。目黒夫人（知人か）を訪ねましたら、灘萬のチーフコックを知っているという河野とかいう家を教わり、その伝手でともかく灘萬のチーフに会うことができましたが、なにしろ東京横浜方面のコックで、京阪神はおろか広島門司まで一杯だそうで（関東震災のためと思われる）話になりませんでした。それでもチーフは、前に東洋軒に居てヤマトを知っておりまして、なんとかしてどこかを探してみようといってはくれましたが。

履歴書はずいぶん方々に配りましたが、ひとつも口はかかりません。少し様子を見たうえで別の仕事を探してみようと思います。胤兄に借りた三円も残りすくなになりましたし、あまり胤兄の所に厄介になるわけにはまいりませんから、いくじない話ですが、十円ばかり融通できませんか。

今度は初めての土地で、大難のあとまた小難中難があると思います。千兄（次男）にもお世話になりました。達者ですとお伝えください。母上にもよろしく。

御年さんが結局、本気でその道に入ろうとした音楽に関しては、以上の手紙の中にはほとんど出てこない。専門家としての才がどのくらいあったか不明だし、ひょっとしたら、御年さんが思い描いた他の道同様、一夜の思いつきに近いところから発したかもしれない。そうではなくて、手紙の一節にあるように、音楽は魂を奪うものであったにもかかわらず、当時の情勢としては、専門職を考えるに相当な飛躍を要したのかもしれない。なんにせよ、御年さんの人となりからして、結局音楽に執着していったのが、私にはごく自然のように思われる。

私の母は、いつもチェロを抱えて出入りする御年さんを見て、根っからの音楽家だと思っていた。私もまた、音楽家になるのを反対されて、生家と衝突し、勘当された、とだけ聞かされていた。後年、勘当の理由が別の点にあったことを知る。御年さんは、女性を得たのである。

その女性はピアニストで、また結核でもあった。結核は当時不治の重病とされており、衝突はこのあたりに重点がかかっていたのではないか。御年さんたちはグループをつくって楽団活動（室内楽か）をしていたというが、チェロを抱えて生家を出入りしていた以上、同棲に至っていたのであろう。母の話では、その頃御年さんは私の父と会うたびに（海軍を退いたばかりだった）叱られてかわいそうだったという。

勘当を宣言したのは、長男である私の父である。御年さんは屈せずにその女性を抱えて自立しようとした。もっとも、母親はじめ他の兄弟たちはそれぞれ微妙に意見を異にしており、長男の決断はおおむね不評で、いくらかの柔軟を望む声がひそひそとあった。

そういえば、私が子供の頃、食事の折りに父がぽつりと洩らしたことがある。

「――俺たちが士官室で飯を喰っているとな、軍の楽士が音楽を奏するんだ。人が飯を喰っているときに大童でサービスするなんて、楽隊なんか軽蔑したもんだ――」

或いは結核と同じくらい、音楽家の道が気に喰わなかったのかもしれない。また後年に至って内心の呵責をまぎらわすために洩らした言葉なのかもしれない。いずれにしても、その一刻さには、軍人という当時誰はばからぬ生き方をしていることに慣れきった感性の反映がうかがわれ、前掲の妹への手紙に見られるようなみずみずしい配慮が失なわれているように思える。そうしてまた、決断というものは往々にして、このような趣きになりがちだ。

大正末年には、次男、四男、四女などが大阪芦屋辺に居り、御年さんもその女性をともなってこの地にまた来ていたようである。当時、勘当とは、一家との絶縁を意味していたもののようであるが、大阪での彼等は非公式にいくらかの連携をしていたであろう。建前の長男はほとんど聾桟敷におかれていたようで、その後の御年さんの具体的な行動をどのくらい知っていたことか。私はその片々も聞かされていないのに対し、弟妹たちの子息連は、その親からいくらかの知識を得ているようだ。

御年さんは、台湾にも、その後満洲にも、流れていったらしい。台湾には五女の家庭はじめ一二の縁者が赴任していたが、満洲には一人の縁者も居なかった。流亡というより、御年さんはいつも新天地を意識していたかもしれないが、大連のホテルではコック見習いのようなことをしていたという。そうしてそこからまた移動するうち、原野を走る汽車の中で、彼女が喀血をしたという。

また東京に舞い戻り、板橋あたりに仮居して、一児を産みおとすとまもなく彼女は亡くなってしまう。近所に親切な人があり、子供に乳をくれていた。御年さんはその家に子供を預けて働きに出ていたらしい。

——板橋高田氏（養い親）に対してはかねてのご下命どおり、毎月末、定額だけ母上の名において送り居り候間ご安意くだされたく、困り者と存じながらも、なんとか続けゆくより他なかるべく、書状によれば御年も地方に稼ぎに行きし模様、この深刻なる生活難の折柄、せめて自分だけにても正しき仕事によりて口すぎせよかしと心中念じ居る次第にござ候。

昭和初年の次男の手紙の一節であるが、高田氏が幼児を抱えて私の父の所に相談に見えたとき、父はおそい結婚をすませ、ちょうど母が私を身籠っていたときで、引きとるわけにいかなかったという。しかし高田氏も子沢山であったわけで、まだ建前の方に気を取られていたのであろう。そうしてまもなく御年さんが女性のあとを追うように逝った。自殺だったという。

御年さんはチェロをやっていたときくが、私の幼時、生家にはむろんその気配は残っていなかった。ただ、古いマンドリンが一丁転がっていた。御年さんが弾いていたものかどうかわからない。私は小さい頃、なんとなく玩具がわりに触れていたが、マンドリンはどうも淋しい音色のような気がして親しめなかった。もっともギターであっても同じことだったと思う。私は音楽のような、純なものに一筋に執着していくということをしない。たとえ内心にそういう欲求があっても、楽器を弾いてその気持を表現することにはならなかったろう。

それがどうしてか明快に説明できない。多分、劣等感に起因して明るくなかったのであろう。何事によらず、直になることが怖い。直になろうとする気持を微塵に砕いて、半端に、雑多にしていき、そうすることでバランスに近いものをとろうとする。小学生の頃から私は学業以外の雑多なものにばかり眼を向けていたが、しかしその雑多な世界を話題にしても私なりの身の向け方というものがあって、他の級友たちと話を交すことができなかった。私は私自身としかしゃべることができず、私の勉強部屋はそんなふうなモノローグの要素で満ちていた。そうしてまたそういう私自身を強く恥じてもいた。御年さんの手紙を見ながら、彼の中に相似した部分を見出そうとしたが、発見できなかった。御年さんは私よりもずっと明るい。そうして、人が本来持つべきものを残らず持っている。御年さんしか歩けないような道を行かざるをえないような条件はそれほどなかったように思う。挫けてもなおかつ直な生き方をしようとしていたことがその証拠である。

私の父が、その辺をどう見ていたか。あるとき、父がやはりぽつんとこう洩らした。

「御年がこの時代に生きていたらなァ——」

語の意味はひどくうすっぺらいものだけれども、その背後にどういう感慨が隠されていたか。

御年さんの遺児は私より一歳上で、毎週のように私の家に遊びに来ていた。高田氏が連れてくるときもある。一人でやってくるときもある。高田氏は某工場の職工長だったかと思う。さして豊かな暮しにも見えず、実子もたくさん居たが、夫婦ともども実によく可愛がって育ててくれており、子供の私にもそれはよく実感できた。

修ちゃん、と私の家ではその子を呼んでいた。修ちゃんはスラリとした長身で、眼の涼やかな子だった。母は、お父さんそっくりだといっていたが、私の感じでは、どこか凜とした強い姿勢を持っていて、子供同士だけれども、気圧されるものがある。

私が人見知りが烈しいうえに、修ちゃんの気の毒な事情を、ほんのうわべだけでも聞き知っているので、どうも交際のしかたが子供にはむずかしい。毎週のように会って馴染んでおり、縁も深く、他の子より親しくなろうなんていう気持が一番いけない観念的な交際になってしまったりする。それでいつまでたってもある一線を越えられなくて、修ちゃんも、お客のように行儀よくしていることが多くなった。

修ちゃんはその年齢では、事情をきかされていなかったと思う。けれどもなんとなく、気配を肌で感じる折りもあったのではないか。ひと頃の修ちゃんが、土曜か日曜には必ず私の家へ来ていた表情の中に、他の家に行くのとはちがった趣きがあった。私の父もまた他人行儀でなく接していた。修ちゃんはこう思ったのではあるまいか。自分はこの家の息子なのだが何かの事情があって外に預けられているのだ――。そうして、それを確かめる術がなくて苦慮していたのではないか。

ある日、私が勉強している恰好で一人で部屋に居ると、突然、修ちゃんが襖をがらりとあけて一二歩、部屋に踏みこんできた。

私は一瞬うろたえた。私は勉強などしておらず、たくさんの映画俳優のカードを並べて机の上を撮影所に見立て、一人遊びをやっていた。机の前には雑誌から切り抜いたピーター・ローレの写真がはってあった。(私は後にも先にも俳優の写真を飾ったことはこの時以外にないが、ピーター・ローレという男優はずんぐりむっくりした眼玉の大きな性格俳優で、子供が執着する対象ではなかったと思う）その他にもあまりに私につきすぎて人に見られたくないものがたくさんあった。

修ちゃんはそれらのものを見る前に、私のうろたえた表情を眼にしただろう。彼は足をとめ、いくらかゆがんだような笑みを浮かべると、あ、ごめん、といって出ていった。

修ちゃんにではなくて、私自身の恥部にこだわってうろたえたのだけれど、彼にすまないことをしたと思った。そのときもそう思ったけれど、日を増すごとにその思いが大きくなった。修ちゃんは、私と兄弟であるかどうか確かめたくて、他人行儀ではない一線を乗りこえるために、わざと、そういう行動をしてみたのだと思う。

そのことを申し開きする術はない。修ちゃんは二度とそういう試みをしなかったし、私もますますぎくしゃくしてしまった。そのうちに、戦争の推移もあったが、修ちゃんがあらましの事情を聞き知ったのであろう、訪れてくる足が遠のいた。

修ちゃんは正規の学校教育を受けなかったようだが、年少にして化学の方の研究所に勤めだし、御年さんの身の内にひそんで見えなかった直なるものへの一筋の生き方が火を噴いたような按配で、独学でがんばりとおし、現在、二三の大学で教鞭をとっている。昔日のごとく長身で涼やかな美男であり、私などはすべてに圧倒される。

私の方は子供のときそのままに孤立し、無頼の年月を重ねた。私の脱線ぶりが外目に本格化しはじめた折りも、その後も、父は終始無言だった。内心はともかく私の生き方に関して一言も口をはさまなかった。それには他の事情もいくらかあるが、御年さんに対する決断の悔いや怖れが大きく影響していたような気がしてならない。

父は九十歳の余を越して老耄の度が進んでから、私が訪れると、幻を見るように、

「――ああ、御年か」

というようになった。そのときはじめて覚ったわけではないが、私にとって遠景に見えていたものがそっくり身の内にこもっているのを改めて痛く感じた。

復活

父は、歯のない口を大きく開き、翁の面のようになって固まっていた。私はそれを自分から見たわけではなくて、おくれて来た従兄が顔の白布をとり両手を合わせているのを背後からのぞき見ただけだ。

「伯父さまは、お幾つでいらっしゃいましたか」

「九十、六でございました。もうすぐ誕生日で、七になるところでしたのに」

「ご長命でございましたね」

「はい。幸せな人でしたよ。亡くなるときもちっとも苦しまずに。私が電話に出て、今日は朝からわりと元気でお粥をすこし、おいしそうに喰べまして、なんていって受話器をおいて部屋に戻ると、もう――」

母はすっかり通夜の顔になっていた。長命の故人だけに縁者たちの喪の表情もどことなく安定している。葬式坊主がやってきて、しかつめらしく戒名をつける。汪洋院武徳剛毅居士。それが気にいらないというわけではないけれど、見知らぬ坊主が行きずりにつけた名前などにとりしきられるものかと思う。戒名はいらない、このまま家の墓にいれてくれればよい、と父も生前にいっていたはずだが、今は母の宰領になっている。弟の嫁はせっせと弔問客の応対をし、嫁の父は葬儀委員長のような恰好で帳簿をつけている。

弟は隅の方で無言だ。表情になんの蔭もない。一人娘の阿矢に、お前、昂奮するな、ええ?

といっただけだ。おそらく私も同じようにぼんやりした顔つきだったろう。

「あっけないものだな」

「――あっけないかね」

「死んでしまえば、さ」

「うん――」

「死んでしまえば、ただの死人だ。俺はもうすこしショックがくるかと思って、この日のために身構えていたんだが」

「いずれにしろ、俺は式のようなものは嫌いだな」

「まァ俺もさ。しかし葬式は他人のためで、他人はふだんこんなことをうじうじ思ってるわけにはいかないから、形式の枠内で哀悼の気持にけりをつける。お互いにその機会の与えっこをするんだな。だが身内は、一人一人が自分流に哀しめばいい。ことわっとくが、俺は通夜も葬式もあまり働かないぜ」

「それで今日も、おそくきたのか」

私は弟をチラリと見たが、特に咎める色はなかった。

それでいった。「仕事さ」

弟はちょっと黙っていた。それからのろのろといった。

「しかし兄貴、長男なんだから、葬式の日の挨拶とか、焼場までの先導をしてくれなくちゃ困るぜ」

「挨拶は身内じゃなくて、親戚か友人代表がしてくれるのが慣例らしいぜ」

生家からの臨終の電話が入ったとき、私は来客に、なに、親父が死んだんだって、といって笑った。客は驚いて早々に帰っていったが、私はさらにその日の〆切りの仕事を机に向かって片づけた。気持の奥の方が、木立ちに蔽われた湖のように静まっているのが不思議だった。

私は父の四十すぎの初子で、物心ついたときから父親というものが、老いて衰えていく人のように見えた。日常はかなり凛冽な父親だったが、どうしても、死に近づいていかざるをえない人に見えてしまう。いつかわからないが、この人が遠からず死んで灰になって、それから自分も似たようなコースをたどっていくのだ、というのがその頃の私の実感だった。お新香や味噌汁のように、きわめて自然にいつも触れ合っているものが、ある日を境になくなってしまう、そのことを納得させるのに手間どったが、これもごく自然にそう思うようになり、それゆえ行く春を惜しむように父親を眺めることができた。私の子供の頃は戦時体制で、誰もが死ぬことをそれほど奇異に感じなかった。そうして私も知らず知らずに風潮に染まって、何かを考えるときに、まず死の地点から逆算するような癖がついた。

父からはさまざまな影響を受けているが、とりわけ大きかったのは、物事というものはそう簡単にまとまりがつかないし、またいったんできたことはなかなか無にならないということだった。彼は身をもってそれを示し、衰えていくようで衰えきらず、いつまでも横這いを続けて死ななかった。そうしてその間に私の方も盛りをすぎて、父に追いすがるように衰えはじめていた。おかげで私は、いったん癖になった便利な認識法を捨てて、何事もあるがままを受け取ることに努めるようになった。

父はいつか死ぬ人間なのではなくて、死ぬかもしれないがとにかく今は生き続けている人間なのだ、と思うまでにやっぱり永い時間を要した。もっとも時間はたっぷりあったし、依然として突発事故のような形で死に直面してしまうような怖れも消えなかったので、その面の先輩としての父を見届けていこうという情動はうすれなかった。

五十年以上もそういう形で父を見守ってきて、百歳に近づき、身体じゅうが衰えを現わしている彼がなお決着をつけないでいるのが、人間としてのたった一つの在り方のように思えてきた。

そういう濃い想いが、臨終の電話一本で、神経をたち切られたように平べったくなってしまった。その瞬間から、心が渇き、遺体をただの死人としか眺められなくなった。父親ではあったけれど、私が永いこと見守ってきたものはすでにもう何もなかった。

喪の間じゅう私は変にすねていて、葬式にはわざとおくれ、棺には近寄らず、参列者に向か

って、

「そこでソバをすすってたら、喪主がそんなことをしてちゃいけないって、ソバ屋に叱られてね」

というようなことをいった。焼場で火がついたときも、白茶けた骨片を眺めたときも、自然におきるはずの哀しみが湧いてこなかった。結局のところ、定命ではなくて、これは事故だ、と思った。事故で死んだ以上、父の一生はまだ途中で、それでもまとめられないことはないが、まとめてみたって何の意味もない。

同時に、決着のついたときがこの世の終り、というなんとも厭な実感が、ざらざらと気持の底に残った。

あの頃は、実にさまざまな夢を見た。あの頃というのは、父が、衰えていきながら衰えきらずにいた永い年月だ。

父が病床に就くという経緯の夢だけでも五種類も六種類も見ている。私の夢は長篇が多くて、いったん覚めてもまた続きを見ることができる。次々に何週間にもわたって続きを見ていくと、見た当座は現実と夢のちがいをむろん承知しているが、時がたつと現実の記憶と混ざりあって、現実か夢か、どちらの記憶だったか、よく考えないとわからなくなる。

たいがいは現実より夢の記憶の方が鮮烈だし、また短篇の夢の場合でも鮮烈なものは反復して見ているうちに記憶にこびりついてしまうらしく、そこからまた枝葉を生じて長い物語になる場合がある。一番まぎらわしいのは架空の物語ではあるものの、特に山場のない日常的な構図の夢の場合で、長いこと見続けているうちにその中の日常に慣れ親しんでしまう。それが非常にややこしい。

たとえば、私のもう一つのコースの生活の仕方だ。はじめて生家から自立して部屋を借りた本郷の病院の三階の夢は、もう何百回何千回と見ているので、隅々まで馴染んでいるばかりでなく、看護婦たちの個性まで一人一人頭の中に入っている。入院したのではなくて、院長の死後経営に消極的になってしまって、空室があるから使ってくれといわれたのだった。正面玄関から二階に向かってエスカレーターがあり、それは動いてないときが多くて階段を上るのと同じく駈け上ったりした。さらに何故か、夜中に寝ているそばを看護婦たちが慌ただしく部屋を駈け抜けていったりする。いくらか面妖に思えるのはそれくらいで、病院の前の坂道を下って大通りの商店街の人々の顔もほとんど見覚えていた。

夢というものはときどきしかつめらしく具体的になるもので、敗戦直後の闇市の人々を、視線が水平に横動きして一人一人を照しだしていったりする。それでべつに何の意味もないけれど、どの顔もたしかに実在していて忘れていた人物に奇蹟的に再会できたような昂奮を感じる。が、それが私の意識のいたずらか、昔実在した風景という主題である以上そんなふうに見えるだけなのか、よくわからない。

たとえば、私の生家のあたりの未来図という主題の夢も、何百回何千回と見るが、これも脈絡なく並行した数種類の状況があって、どの場合もその夢の中に居る間はあらわな矛盾を感じない。入り方はいつも、現実にある坂道か、特徴の目立つ四つ辻からだ。そうして眼に慣れた建物があったりして生家の近くであることははっきりしているが、いつも曲る横丁がない。道もかなり変化しているし、家の住み手も代替りしている気配が濃く、浦島太郎さながらにいくらか心細くなったあたりで、道路の小さな傷や木立ちなどにチラッと心当りがあり、(この夢はいつも街並を探すところからはじまり、その情感は毎々新鮮で、街並の発展乃至変貌の状態もその都度ちがう) 旧の所から少し横にずって入口もせまくなったような状態の生家がみつかる。玄関前はみすぼらしいが家の中はおおむね広くなって、部屋数も増えているのでなんだかほっとする。これも単に二階をひと間建増しただけのときと、裏の方に延び広がったようなときとあり、いずれにしても私の期待する情緒は減っているかわり、とにかくまだ居場所があったという思いでくつろいだりする。裏の発展にともないトイレが立派に広くなっており、しかし用を足す穴がない。或いは、立派に広くなって入口も二カ所あったりするが、中の板の間がひどく汚れている。裏手は路地になってうねうねと曲りくねり、質屋や水商売があったり、その向うが神社の裏手になる。或いは生家の庭の隅から直接に神社の境内になり、神殿が見えていたりする。建増しされた新しい部屋に居るとなんとなく小買物がしたくなって、裏手から神社に面した通りに出、スーパーやガソリンスタンドにはさまれた小さな店をのぞいたりする。もちろんこの夢にも無数のヴァリエーションがあり、街のスケッチで終ることもあれば、昔の面影がある氷屋にあがりこんでしまうこともある。また、とり残されたような古い小公園が主題になるときもある。そうして生家にはおおむね誰も居ない。

これと関連なく並行して見るもう一つの生家の未来では、生家の一隅が小綺麗なスナックになっていて、父か母か、乃至は弟が片手間にやっているらしい。界隈は碁盤の目のような道路が走り、いかにも小市民風の住居がきっちりと並んでいる。しかし家並はその一画だけで、あとはずっと林か芝生がどこまでも続いている。生家はもともと丘の高みにあったが、したがってどちらに走っても坂があり、芝生も段丘のようにうねうねと低地に落ちている。その概況と矛盾するようだが、生家の裏手は、両側から草が蔽いかぶさるような小川になっており、以前はそんな気配もなかったのになぜこうなったのだろうと考えたりしながら、私は秋の蜻蜓のように川面すれすれに飛んで行ったりする。

一転して、生家の前にたたずんでいた恰好の私が、風に乗って（たとえば）北の方に流れ出す。これが生家のある道だと確かに思える一画はほんの十メートルほどですぐによそよそしい家並や林に変り、目前が開けて私の身体のスピードも増し、音羽の方角に寒々しい山が見える。私の身体は矢来下の低地を烏《からす》のように飛び越え、大きな川に行き着く。水は澄んでいて風がその上を吹き渡って行く。

ここまではいつも同じパターンで、以前の江戸川公園が水の公園と化している方に遊びに行って、古い映画館をみつけたり、幽霊坂の両側の木立ちの中に入ってしまったりする。或いは大曲《おおまがり》のそばにエロ写真を売るまがまがしい店があったのを思い出して、そこが倉庫になっているのを発見したり、或いはまた、水の中を走っている都電から川べりに住む叔父（そういう叔父が居るとは知らなかったが）と従兄にあって、彼等の家に同行したりする。叔父の家は木造の二階家で、生家のあたりの様子とはかなりちがって懐古的だ。彼は長年の勤めを退職しているらしく、昔の法曹界の雑誌に記した自分の文章を見せてくれたりする。庭に山吹の花がみすぼらしく咲いている。これから祭りの相談に行く、というので一緒に出ると、叔父の家の裏手にも社《やしろ》があって、彼はお神楽舞台の下に潜っていってしまう。

もっともこの夢の大筋は、そういうふうに散らばらずにまた生家の方に帰って行くところにある。すべるように下ってきた往路とちがい、帰路は砂地や芝生の上をあえぎながら飛翔していかねばならない。牛込台地がターザン映画のムチア絶壁のようにそそり立っている。その途中の傾斜地にもぽつんぽつんとバラックのような小屋があり、寄り道するケースもあるけれど、多くの場合、私は汚れきって地の表面すれすれに必死で高みへ流れていく。チラリと遠景が見える。入りくんだ湾のような、大きな河口のような海が見え、海に浸されかかっているような街がある。生家の一隅のスナックは依然として閉まっている。しかし周辺の芝生にはたくさんの人たちが群れて陽に当っている。父も母も弟も、つまり生家に居ついた者たちが私をのぞいて群れの中に居るのが見える。彼等は無表情に花を摘んだりしている。あんなことをする人たちではなかったのに。そうして人々が芝生を去りはじめると、彼等もゆっくり生家の方にひきあげていく。

どうということはないのっぺりした夢だけれど、眼がさめるといつもなんとなく胸が痛い。彼等が幸せであろうと不幸であろうと、彼等のために胸が痛む。

父が衰え疲れて起てなくなってから、或いはその少し前からかもしれないが、私は（私だけ生家とは別のところで暮していて父の苦境を救うための尽力はほとんど何もできなかったにもかかわらず）遂に出会《でくわ》すことになりそうなある日を思って平常よりもなおいっそう自閉的になっていたらしい。というのは記憶が混濁してしまって、父の現状について何種類もの筋立が輻輳してしまって、どのディテールもほぼ同等に受けとめていた。父は熱病のために、下水道の中の地下病院に入れられて、熱い蒸気にさらされていた。下水道には死者がぷかぷか浮いている。私たちも父と一緒に穴ぐらの中に泊りこんでいて、空襲の夜のように接近して寐たりした。父はまた何度も危篤に至りながら、しばしば好転して退院し、私たちだけが病院にとり残されたりした。あるとき父は中耳炎になって頭を白布で埋めていた。彼はなにより中耳炎を恐れていた。かなつんぼだったくせに。医者は毎日せっせと頭の白布をとりかえにきた。そしてこういった、あくまで中耳炎患者としてあつかいましょう、老衰よりはいいから。

医者は小心者で逡巡したが、中耳炎の進行に迫力をつけるために、私たちは耳の奥の手術を進言しなければならなかった。父は現実から遮断させられるように頭から顔にかけて包帯の塊りになっていた。もっともこのあたりは夢というよりも私の勝手な想像になっていたかもしれない。ところが別の病院では、ごく素直に肺炎だと診断された。そして父はなんでもないといはった。ここの医者はなにかというと近親者を招集したがったが、彼の意見はこうだった、なんでもないのがいけないのです、お年ですからな。その意見が説得力を持っていたというのは、医者も父に劣らず高齢だったから。そうして医者はある日プイと死んでしまった。

父はいろいろな病院に行きたがった。まったくそれは唯一の情熱のようで、断じて一カ所におちついていなかった。どこか保養地にあるらしい近代的な病院では、ベッドでの姿勢についても医者としっくりいかなかった。父はひどく腰が曲っているので、仰臥していても身体が海老のようになってしまう。医者はその恰好が病気に一番悪い、といって是正しようとし、毎日論争になった。父はその医院を逃走しようとして窓から落っこちた。

父はどこに居ても逃走をはかったので、打身の傷だらけで、遂には打撲症患者としてとりあつかわれるほどになった。父の病室の窓に鉄格子がついた。

臨終の電話をきいたとき、それらを含めた諸々のイメージが、鰻の頭を落すようにバサッと断ち切れた。どのディテールも窮しながらもまだ先に続くはずだったが、もう否も応もなかった。何だろうと終ってしまえば、終ったというだけのもので、それは仕方がないが、私がしらけたのは、終ったという事実に対してだった。私はそのとき、こんなところでもう終るとは思っても居なかった。だんだん窮していって、先細りになっていく、それが人生だと思っていた。

私は、突っこんだ頭を空《くう》に打ちつけたような気分のまま、その日以後も、父の夢を見ることを期待していた。私は死者の夢を見ることがわりに好きで、知人はもちろん、会ったことのない血縁や、見知らぬ人まで含めてたくさん出てくる。

あれだけたくさんの人が現われて父が出てこないわけはないので、現われたらこれまで同様、父と私とで独自な関係をまた続けていこうと待ちかまえていたが、案に相違して、彼は一度も出て来なかった。私は父の写真を一枚、机の上に飾っただけで、仏壇も造らなかったし、位牌も無視した。けれども、どうやら、現実と一緒に夢の方でも縁が切れてしまったらしく、その頃いたずらに引越の夢とか、女房の浮気の夢とかを見るだけだった。

父が、とにかく消えて無くなってしまったのだということを、納得はしないが、諒承せざるをえなかった。

ある日、古くなって開《あ》け閉《た》てしにくい生家の小さな門の板戸をきしませて、腰の曲った父が入ってきた。そうして郵便受けの下の家鴨小屋をなんとなくのぞきこんでいる。父が死んだという記憶はまだしっかり残っていたから、私は一瞬その方に視線を停めた。父は当然のことのように内玄関の方に歩いて来、カラカラと格子戸の音をさせ、茶の間にあがりこんで彼の定座に坐りこんでしまった。そのときの私の気持はけっして愉快なものではなかった。ああまた、屈託が多くなる。これまでとほぼ同じように、せこい日常がはじまってしまう。どうしてそういうふうにだけ考えたのかわからない。

母が台所から煎り豆腐をいれた丼を運んできて卓の上においた。朝刊を捨て父がそれを掬って喰べている。歯のない口が大きく上下に動いている。古い写真の一場面のように誰もものをいわない。

昔居た顔色のわるい書生の細木がいつのまにか来ていて卓の向うに坐っている。

そうして父がはじめて口をきいた。

「秋夫、どうした——」

「そこいらに——」と母が気のない返事をする。「居るんでしょう。きっと」

細木が玄関に来て、せかせかと外に出て行った。いれかわるように黒揚羽がひらひらと部屋の中に入ってくる。

秋夫というのは誰だろう、と私は思っていた。黒揚羽は奥庭（といっても形ばかりのものだが）の方に来て便所の横の紫陽花の枝にとまっている。彼は毎年夏の終りになると紫陽花の枝のわかれ目のところに卵を産みつけて、交代するように死んでしまう。それで次の年そっくりの蝶が出て来て、庭に居ると定まったわけではないが、眼で探していると、風と一緒に庭の中に舞い落ちてきたりする。ときには親しげに部屋の中を飛び廻ったりするから、家の者は誰も他人あつかいをしない。しかし彼が秋夫であるわけはない。

弟が会社から帰ってきたので、試みにこういってみた。

「親父が帰ってきたぜ」

彼は嫌な顔をした。

「そうじゃないかと思ったんだ」

「なにが——」

「そうだと思うよ。だっていつだってどこへ行っても家へ帰ることばかり考えていたろう。他に居られるところなんかないじゃないか。それで親父は帰ってきて、上機嫌だったかい」

「それはまだ、よくわからん」

しかしその夜、早くも父は癇をたて、弟の嫁に烈しく当った。

「好子さん、ぼくはひとつ貴女に注文がある。人がなにかいう前に用を足してください」

「はいはい、お爺ちゃん、何をしましょうか」

「ぼくはいい。ぼくは年寄りだから。ぼくの腹はごみ溜みたいなもので、呑み喰いしたってしようがない。しかし、皆さんは、パンに紅茶ぐらい欲しいでしょう」

「誰も欲しがってませんよ。自分が欲しいんでしょう」と母。

「ぼくがいちいち気を廻すようじゃ、しようがない。嫁の頭の働き」

「はい、悪うございました。お爺ちゃん、パンは何枚にしましょう」

「ぼくに訊かないで。ぼくに訊かないで」

翌日の朝は、歯がなくなってから急に好きになったホットケーキにたっぷり白蜜《ガムシロップ》をかけて喰べ、縁側に座椅子をおいて伸びていた。陽当りはわるかったが微風が気持のよい日で、白い顎髭がかすかにそよぎ、気のせいか父の顔も若やいだりまた老けこんで見えたりする。

その頃まぎらわしいことに私の夢の中にもずっと以前の街の風景の中に元気そうな親父がときどき出てきたりする。夏の初めの頃の明るい日で、飯田橋の外濠の橋の上でまだうら若い母と幼い私と弟と、駅から出てくる父に合流する。父はまだ黒かった口髭をこれみよがしに撫でさすり、カンカン帽を軽薄にあみだにかぶっていて、世間のどんな小さなことにも興味を持とうとするようにきょろきょろしている。橋の袂で鳥売りが、大きな鳥の二本の脚を紐で縛って自転車の荷台に積み重ね、客に売りつけている。父は長いこと見ていたが残りすくなくなると争うように一羽買い求め、傘のように肩にかついで歩く。ドドーン、という地響きがするたびに神楽坂のうすっぺらなビルが崩れ落ちるのは、地震なのか。赤鼻の下に長い口髭を蓄えた大柄な老人が、苗木の店に足をとめかけている父の肩を抱くようにして大股に歩いている。二人はあたりかまわず大笑いしたりして闊歩。父の指が鼻下にゆき揉むようにすると赤鼻と同じ形の髭になっている。多分軍人をやめて徒食していた頃だろうが、父の顔は申し分なく若々しく軽い。赤鼻氏は積極的にしゃべっていたが、やがて懐ろから苗木を出して講釈しているらしい。父はすぐに興味を示す。生家に至る横丁で母はしばらく足をとめているが、父たちがずんずんまっすぐ歩いていくので、仕方なく後を追う。父はとうとう苗木を握らされてしまう。懐中から財布を出そうとして両手がふさがっていることに気がつき、かついでいた大きな鳥を赤鼻氏に渡す。立ちどまって鳥の太い嘴をみつめている赤鼻氏。してやったりという表情で冴えない顔つきの母をふり返り見る父——。

父はほとんど一日じゅう縁側で伸びていて、気持のいい大気を味わって吸っているようだったが、心なしか腰も安定してきたようだったし、別人のようにおとなしくて、夜、飯と汁とを口にすると早々に寐てしまった。彼は死ぬ前の半年ほどにくらべると、ずっと元気で、昼間はほとんど庭におり、植木を一本一本査察したりしゃがんで草をひき抜いたりするようになった。それは長年見慣れた父の姿でもあったが、弟の一人娘で小学生の阿矢はそうでないものも感じているようだった。

「おじいちゃん、いつまで居るの」

「いつまで、というと――?」

「ずうっと居るの」

「そうだよ」

「そうだよ」

「だって、お葬式したんでしょう」

「そうだけれども、そういっぺんに片がつかないんだよ。おじいちゃんは長生きしただろう」

「阿矢はおじいちゃん、好きじゃない」

「――どのお爺ちゃんが?」

と私はうっかりいった。阿矢が今度は少し黙った。

「亡くなる前のかい。それとも、あのお爺ちゃんがかい」

「臭いがする。いやな臭い」

と阿矢はいった。そうかな、と私も思っていた。歯がなくなってから、父の口臭はずっと臭かったが。

父が茶の間に居るときに、客間の八畳で、盤に向かって一人碁を打っているもう一人の父を見かけたことがあった。茶の間の父はその方に向かって、口を丸く筒のようにして、うわお、と吠える仕草をして、碁盤の方にゆっくり這っていった。するともう一人の父は居なくなっていた。

その父も負けず劣らず老いていて、父と同じような眼鏡をかけていた。特にどうということはない。父が二人居て不都合だということは何もおこらない。そのうえもう一人の父の姿を前にも何度か見かけたような気がする。彼はいつも寐衣のようなくたくたの浴衣をまとっていて、おおむね台所の方から出没しているような気がする。父と寸分たがわぬ顔や身体つきをしていたが、陰画のようにはかなげで頼りなかった。どこの家にもありがちなことかもしれないし、私や家族に対して特に波紋を投じない以上、黙っているのが常識なのだろうと思う。私だって本来生家を離れている者が、このところ居ついたような居つかぬような恰好になってしまったのだし、もしかしたら誰でも身体が一つというのは思いこみかもしれない。

ところがある雨あがりの朝、奥庭の泥土の上に、父が這っているのを見つけた。彼は淡紅色の長い身体を泥まみれにし、喉ぼとけのあたりをいそがしく動かしながら、じっとあらぬ方を向いていた。そうして湾曲した前肢を不器用に動かして身体の向きを変え、するすると縁の下にもぐりこんでしまった。彼が向きを変えたとき、私はたしかに彼の視野に入っていたはずだが、反応は何もない。

こういうとりとめもない出来事について、ちゃんと整理し納得をする必要を感じた。けれども眼にしてしまった以上、幻影だとか気の迷いだとかいう答はあまり効能がない。それに父がこれだけの分身を持っている以上、私や母や弟にも分身があって今日まで出会わないだけかもしれず、生まれた以上、飛沫がはね散らかって余計なものを生じることの方が普通かもしれない。第一、生まれたことすら実感としては納得がいきがたい。

私は素直に父に訊いた。

「秋夫さんは昔から居たの」

「――知らん」

と父はいった。彼に向かって唇をつぼめて吠えるような仕草をし、ほっほっほっと笑ったときの父を私は頭に浮かべた。

「それじゃ、俺たちは秋夫さんと、どんなふうにつきあっていけばいい」

「――知らん」

とまた父はいった。

「俺はただ生きてるだけだ。この年齢になってやっとそう思いはじめたよ。ただ生きていくだけで、一切のことはどうもならん」

「俺が小さい頃は、そういわなかったぜ」

「だが、俺は生きたくて生きてるわけじゃないぞ。これだけはどんな大声だっていってやる」

「しかし、俺は、秋夫さんだろうとなんだろうと、面白がっているんだがね」

「生きたくて生きてるわけじゃないんだ。それがお前にはわかっとらん」

「だって、面白がる他はないだろう」

「この家のご先祖は桓武平氏。よしそうでなくたって、どこの家もそうのように、一代一代さかのぼって遠くどこかの山の猿まで続いているのだ。お前のような馬鹿にもいってきかせてやる」

「猿で充分だよ。どうせ結局は猿につながってるんだろうし」

「だまれ――」

父は経文を読むように詠いあげた。

「第十六代、小文治内匠春元、内匠大膳晴継、内蔵介内匠大膳晴近――」

父はうす眼をあけて、私がきいてるかどうかたしかめた。

「十六代の前は？」

「その前は百年ほどわからない」

「そうだ、前にもそういってた。百年ほど穴があいて、その前がまたわかるんだったね」

「小文治内匠兼近だ。

次が、大膳兼光。

源三内匠晴綱。

荘次右衛門晴貞。

荘右衛門晴長。

荘右衛門晴信。

荘右衛門晴光。

徳右衛門晴敏。

想次郎敏通。晴通ともいう、か。

想三郎晴宗。

徳右衛門武英。

惣左衛門最英。

三郎兵衛昌英。

三郎兵衛章英。または英保。

ええ、それから、
三郎兵衛英恵。

三郎兵衛英明。

御蔭、通称忠三郎。

誠一、幼名称舎人――」

父は押し黙った。

「どうしたの」

「で、俺だ」

「それだけじゃないだろう。まだ枝葉があるんだろう。女も居るだろうし」

「それはそうだ。だがそうやって口でいってみるものだ」

「どういうことなんだろう」

「意味はないさ。だが続いてきたんだ。続いているうちに実際はこんぐらかって整理がつかんようになったが、とにかく続いてきてしまって、どうしようかと思ってるんだ」

「わかった。皆まだ生きていて片がつかないんだろう。生きたいわけじゃないのに」

「勘ちがいするなよ。ケリをつけてくれという話じゃないぞ。お前などに何も頼んでいるわけじゃない」

私は、安心というのに近い感情を胸の中に湧かしていた。しかし父の気にはいるまいと思って口に出さなかった。

生家のあちこちに、なんとなく、青みどろのようなものがたちこめはじめた。なにかにこだわりだしたために私だけの感じ方だったのかもしれない。実際、畳が濡れているわけでも、壁の色が変ったわけでもなかった。ただ、朝の一刻、縁側の隅に陽が当るとき、そのあたりが蒼々として見えたりする。台所の煤で黒ずんだ天井が蒼光りしているときもある。それよりなにより、ときとして空気が重たく水のように感じることがある。そういうことは誰もが経験して慎しみぶかく黙っているのか、それともまだ経験していない人たちなのか、そのへんがわからないから私も口にしない。

それは、子供の頃に厚い雲のように私をとりまいていたさまざまな屈託や不充足の感触に似ていた。完全な停頓もできないし、動けもしない。口に出しても意味がないから、ひたすら自閉しているだけだ。なにがきっかけであそこから一歩でも二歩でも動くことができたのか。

秋夫さんは台所に住みついて居るように見えたが、女たちとすれちがってあちこちへいつも移動しているようだった。庭の物干の竿の下に立って風に当っていることも多い。そうして生家の中ばかりでなく、近隣の街並をしょっちゅう歩いているようでもあった。もっとも歩いて何の用を足すというわけでもない。陽にはかなり当っているはずだが、肌はすこしも焼けなくて、頭部など白茶けた地肌が髪の間から透かし見えた。彼は限りなく退屈しているようだったが表情からはそれが窺えなかった。私は、父と寸分たがわぬ彼を眼にしたことで、感慨を結実させようとしたがうまく固まらなかった。父を軸にすると、うとましいものに見え、私を軸にすると、親しさを感じる。けれども彼は私でも父でもない。

その点、縁の下に居るもう一人の父は、その後あまり見かけなかったけれど、かなりまとまった印象を残していた。生家の床下は、四十年ほど前の戦時中に、父が大童になって防空壕を掘りまくり（それも意味はわからなかったが）家の下じゅうを穴だらけにしてしまったことがあって、そうでなくても古い家の土台がすっかり崩れた。それ以来、タブーのように誰も床下をのぞいていない。多分、雨水が溜り、便所の汚水が流れこみ、独自の様相を呈したろう。床下の父が鰐のような恰好になったのも、その影響かもしれない。その迷惑をすっかり呑みこんで現状のようになっている感じが、いつも私の胸の中から消えなかった。もっとも、だから何ができるというわけでもない。私は彼の健在を望んだが、そのこと自体が我ながらさわやかに響かない。

父は、小学生の阿矢の手をひいて、近所の小公園に行くのが日課になった。

「阿矢、大丈夫かしら――」

と弟の嫁がいう。

「どうして――?」

「おじちゃんだから、いいけど――」

父は、公園に集まる近隣の子供たちに、ときおり嚙みついたり、怪我をさせたりした。

「おじいちゃん、そんなに一生懸命にならなくていいのよ」

父は、丸い眼を見開いてしばらく嫁をみつめていた。

「――知らん」

といった。このときは、やりたくてやってるわけじゃない、とはいわなかった。けれども、

「阿矢を、一人占めにしないでほしい」

その弟の一言が、父の癇を呼びさました。

「何故」

「阿矢は、俺たちの娘さ」

「お前等にはまかせておけん」

「放っといても娘は育つよ」

父は鼻息を慄わせた。

「育ってどうする。育つだけなら虫と同じだ」

「しかし、親父さんのやり方で、うまく育ったかね。息子が」

「皆、ここに並べ――」と父は今さらのようにいった。「四の五のいっておるが、ぼくがまだここの世帯主です。ぼくが定める。これは相談じゃなくて、そういうことだから、不承知の者は出て行け」

「そうじゃないでしょう――」と母がいった。「おじいちゃんは、ご先祖のあとを継いだだけなんでしょう」

「それがどうした。阿矢には、お前等の手は出させせん」

「阿矢が嫌がりますよ」

「親父さんは自分の仕事をしたらいいだろう。やればたくさんあるんだから」

父はいくらか弱い声で、わかったか、といった。それから、弁解は許さん、ともいった。

母がうつむきながら、そっといった。糞、だから戻ってこなきゃいいんだ。

しかし父は、吠えた反動で急におとなしくなった。私たちが寐たあとで、居場所を庭の方に移してしまったらしく、翌朝は奥庭の旧花壇の泥の中に坐っていた。花壇といっても、戦時中に父が床下の泥をはね出して以来、泥の山に雑草が生えているような所だった。

父はそこに坐り、両脚を泥の中に埋めたまま、なにかぶつぶつ呟いていたが、私たちにはきこえない。

雑草の下の泥の中には、やはり小さな生物たちがちょろちょろと往き来している。兜虫や、天眼鏡に似た形の虫や、翅のはえたごきぶりや、玉虫や、魚の骨に足がはえた虫や、鼠や、小さな蛇や、それが私にはいずれも縮小された父に見える。

何日かたって、弟がいった。

「そろそろ家の中に戻そうか」

「いうことをきかんだろう」

「何かやってるのかな」

「そうだ、何かやってる」

「親父、泥人形のようになってしまったな」

「いつだったか、旅の途中で江田島の旧海軍兵学校に寄ったことがあるんだ。あそこには各期の卒業写真が揃ってる。それを見て俺は眼を疑ったよ。まっくろに汚れて、鼻が上を向いて、誰が見ても素行不良で、黒ん坊みたいに白い歯をむきだしているおっちょこちょいの悪がきが、親父なんだ。はっきり親父だとわかるんだよ。人ってものはすべてのものを持っていて、それで身動きができないんだな。それ以来、俺は親父がどんなに変形しようと、親父一人でもぞもぞしてるのなら、許せるんだな。もっとも、許せたってしようがないんだが」

ある夕方、私は父にそっと近寄って、

「今夜、雨になるかもしれないよ」

といった、父は掌ですこしずつ泥をしゃくっては喰べていた。それで白い髭が泥色に見えた。

「お前たちに、いいものを見せてやる」と父はいった。「寐ないで、待っておれ」

暗くなってから雨になり、私は何度も、雨の中で泥をいじくっているらしい父の様子を窺ったが、暗くてよくわからない。

ふと気がつくと、奥庭に面した客間の八畳が、青光りに光りだした。そうして客間の中央に、瘦身で背の高い男が立っていた。黒い布を頭から面上に垂らしていて顔は隠れていたが、腰を伸ばした父が立っているのにちがいない。

男は朗々と、しかし桓武平氏の裔とはとても思えぬ科白《せりふ》を吟じた。

「〽月も南の海原や、月も南も海原や、八島の浦を尋ねん――」

そこで、ぽつりと黙りこんだまま、二度と声を発しない。

すると部屋の四方の柱のあたりから大勢の男が立ち現われた。いずれも瘦身で背がひょろ高い。そうして黒布を頭から面上にかけて垂らしている。

ビシャッ、ビシャッ、ビシャッ、

という三拍子の濡れた音が庭の方からしはじめた。
ビシャッ、ビシャッ、ビシャッ、
その三拍子に合わせて、人々が円になって舞いはじめる。見なれた舞いにくらべると、手や足の使い方が逆で、かなりむずかしい所作に思える。むずかしくとも動きそのものは何の意味もないにちがいないが、それを補うように、手足や身体に必死の情感をこめているようにも見える。
ただ鳴り物の三拍子だけは単調そのもので、唄もなく、いつまでも終らないのではないかと思える。私はすっかり飽きて座敷から眼を離し、縁の下の父は何をしているのだろうと、庭の暗がりの方に眼をこらした。

観音

生家の古びた小さな門の、留め釘をはずして門柱から引き離し、俥が石畳をとおって玄関につけられるようにした。戦争がまだ中国大陸の方でだけ始まっていた頃だ。門脇の無花果の青い実がぼたぼたと落ち、隅に片寄せられる門扉に踏みにじられた。

父は羽織りを着て、昼前から、同じ町内のはずれに住む求馬さんの家に行っていた。求馬さんは父のすぐの弟で、彼の家の離れが婆の隠居所になっていた。お互いの家は歩いて七八分のところで、だから両家は頻繁に往き来し、求馬さんのところに行くと、父も母もまず隠居所に伺候してしばらく婆の相手をする。私もそうするよう申しつけられていた。

婆は白くなった髪を男のように刈りあげて居、大きな座椅子に身を埋めるようにしていた。そうしていつも固い梅干飴を口の中でころころいわせていた。その飴を私にもくれる。

「タケちゃん、来たのかい」

「ああ、来たよ。――お婆ちゃんも元気」

「ええ、ありがとう――」と語尾をあげるようにいって、「そうかい、そうかい、よゥ来たね」

「うん、来たんだ。――それで、御飯をたべて、帰るの」

「御飯をたべて。そうかい、よかったね」

帰るときさよならをいいに顔を出すと、おや、来たのかい、とまたはじまる。いつもとりとめがなかったが、婆は嬉しそうに笑う。けれども私にとっては、ただ、婆、というだけの関係だったし、私の実感では、子供の私でさえ時々刻々さまざまな移り身があるのに、婆はいつも、単に婆でしかないように見えた。

「お婆ちゃん、退屈?」

「ううん――」婆は飴玉をころころいわせながら否定した。「御用ばかり多くてね、すこしも片づかないよ」

あるとき、何を思ったのか(というふうに私には見えた)父が、一日、婆を自分の家に連れてくることを決めた。

町内の顔見知りの俥屋の親方がサービスにかけ声など発して小さな門を駈け入って来、父が畏まった形でうしろに従ってきた。玄関のところから母が肩を貸して、婆をそろそろと客間に運んだ。求馬さんの家の人はその日は同道していなかったように思う。

仏壇の亡夫に線香をあげてから、婆は上座にちょこんと坐った。

父が、両の握り拳を畳につけるようにして、

「とにかく、もんどりうたなくて、よござんした――」

というようなことをいった。たしかにいったと思う。あるいは俥でくる途中になにかあったのか。

お婆ちゃま、ようこそ、いらっしゃいました、と母が続いて頭をさげ、私も弟も、ようこそ、

といわされた。

お変りなくて、と婆がいった。

婆は何か意向を計られるたびに、ええ、ええ、そうしてください、とか、ああ、ああ、けっこうですね、とかいっていた。おおむねのところは、心持ち反った前歯をのぞかせながら、にこにこと家内を眺めまわしているようだった。私たちが居住していた家は、破産して死んだ爺が遺したわずかな物件のひとつであり、震災前後までは婆も住んでいたことがある。

「梅の木が、なくなったね」

「枯れましてね。もっとも、あれはもう寿命だ」

「――おや、黐の木もないね」

「そのかわり増えたでしょう。苗木をさしたんじゃありませんぜ。桃だの、柿だのなんか、あたしが自分で種子をまいたのが育ったんです」

膳についたとき、婆は他の皿には手を出さず、生卵をカチッと割って落し、丁寧にかきまわした。

「これがなにより、馳走でね」

婆は真剣な顔でいつまでもかきまわす手をとめず、父はじっとそれを見ていた。

こうして気長にかきまぜて、黄身と白身の粒子をくだいて完全にひとつのものにしてしまうと、消化がよいのだ、と婆はいい、黄色一色になった液を喉に流しこんだ。そうして口をねばつかせた気配のまま、父に向かってこう言い足した。

「お前も、こうしておあがり——」

それが、多分、婆の最後の外出だったのではないかと思われる。婆はまもなく起居も不自由になり、気むずかしさがなお募って求馬さんの家の人たちをなやませつつ、寝たきりになった。そうして太平洋戦争のはじまる年の初夏の頃に、八十余歳で永眠した。それは文字どおり永眠で、その一週間ほど前から昏々と眠っていた末なので、婆自身死ぬことに気づかなかったと思われる。

それが私にとってはじめての近親者の死であったけれど、ただ死というものに納得のいかない不愉快さを感じただけで、特別の深い哀しみには襲われなかった。私は婆の最晩年しか眼にしておらず、父から折り折りにきく婆の面影とはどうしても結びつかない。

死化粧をした婆の唇に、水を含ませた綿を押しつけて、お別れをいいなさい、といわれた。私はただ黙っていた。けれども、婆の唇が柔らかく弾力があった感じを、まだまざまざとおぼえている。

もうひとつおぼえているのは、父に関してだ。父はそのとき求馬さんのところの広い庭に出ていて、長い竿を持って庭樹と向かい合っていた。私がうろうろとそばに近寄っていくと、低い声で経を誦していた。仏説摩訶般若波羅蜜多心経　観自在菩薩行深般若波――。その長い竿の先には焰があって、経を誦しながら、桜の木についた毛虫を退治しているのだった。焼き殺されて地上に次々と落ちてくる毛虫を、私はぼんやり眺めていた。

父は、ふとけわしい表情を消して、しかし桜の葉裏までいちいちのぞきこむようにしながらいった。

「お婆さんは、実家《さと》は真宗だし、うちは曹洞宗なんだが、どういうものか、若い頃から観音信仰でな――」

私は、お通夜だの、お葬式だので、学校は休むのだな、というようなことを考えていた。

「それで俺も、観音経だけはおぼえちまった。俺は神仏は嫌いだがな。観音というのは、ちょっといい。あれは、姿形がないからな。ただの気配みたいなもので、それでどこにでも現われて、人を救いたがってしようがないんだ」

父はそのとき、もう一言いった。

「観音信仰は、一代おいて、孫の頃にご利益があるというな。そうなると、お婆さんの信仰の分は、お前の方に来ることになるかな」

婆が寝たきりになる少し前に、求馬さんの家族たちと撮った写真が大きく引き伸ばされて爺の写真と並んで仏壇の上の長押《なげし》にかかった。

私は知らなかったが、焼場で、父は涙をこぼしたのだという。そのことを父は自分から来客に語った。

「棺が竈に入って、錠がおりる音がしたとき、急に涙が出てきましてねえ。あそこが本当のお別れだねえ」

当時の私には父が涙を流すなど想像もできないことだった。私は折りあるごとに、父から、豚、と罵しられ、母もまた私以上に、豚、と罵倒されていた。父は世間の人の誰をさしても、馬鹿だ、というだけだった。豚でないのは、父にいわせると、婆だけだった。

お前のお婆さんは偉かった、と父は口癖のようにいった。

「お婆さんには、見識というものがあった。それで女だけれども、自分の見識、生き筋というものに忠実で、がんばり屋だったからなァ。何をさておいてもがんばるというところがすごい」

私も母も、そういう父の話をだまってきいていた。父が幼い頃からの婆のしつけの話、たとえば、朝の四時にいっせいに起床して男の子は撃剣をし、女の子は拭き掃除をする。それから皆で鎌倉の山の中を走り、婆から漢学を習う。雪が降っても婆は素足で子たちと一緒に走ったという。そういう話を私には説教のつもりで話していたろうが、母にはどういうつもりできかせていたのか。

父は十二人兄弟の惣領で、まだそのうえに腹ちがいの姉が二人おり、その他に養子養女が何人も居た。爺が赤ヮ坊の好きな人で、家の中にいつも赤児の泣き声がしないと機嫌がわるかったのだ、と私はきかされていたが、これは多分爺に対する儀礼語で、外で作った赤児を次々と家に持ちこんだと覚しい。とにかく婆はそれらをひっくるめて一人で育てたことになる。

特に惣領の父にはきびしく、小学校にあがる前から、爺と親しかった鎌倉寿福寺の和尚のもとに通わされた。暗いうちに家を出て、暗くなってから帰る。

「寿福寺までは山伝いのまっくらな道でなァ。途中に焼場なんかあって厭なんだけれども、お婆さんが怖くて引き返せなかったよ。求馬が加わって二人で通うようになって助かったがね」

父の熱意にもかかわらず、私はそれらの話をほとんど身を入れてきいていなかった。私は父がいうとおり豚で、そういう説教にあまり感奮しない。むしろ、私の感性でいえば、爺という人の方に関心があった。父からきく爺の話はいつも大筋のところばかりで、こまごましたところがない。そうして、婆の話のときと同じく、お爺さんも偉かったんだ、という言葉がやや形式的につけられた。

爺という人は、地方の醬油造り屋の一人息子のくせに家業を嫌って江戸に出、神田の本屋に住みこみ、そこの息子と語らって、それまでの漢書中心の商いを洋書中心に改めようとし、自分も得意先の学者の家に通って英語を学んだ。爺の最初の妻は、この学者の家で知り合ったという。彼女は岩国藩で少女の頃から英語で名をあげ、その才を惜しんだある公卿の推薦で遠く江戸まで修業に来ていた。爺はまずその才にほれたらしい。

所帯を持ってまもなく、当時まだ珍しかった石版印刷の店を興そうとし、技師を雇うために帆船に乗って桑港《サンフランシスコ》まで行った。西部にはまだ石版の技術が伝来しておらず、引くに引けなくて働いて旅費を作りながら、南米の下を廻って東部に至り、紐育《ニューヨーク》で白人の技師を二人抱えて戻ってきた。技師の高給のために商売は赤字だったが、爺のつもりでは日本人工員が技術を習得した暁に黒字になるはずだった。根づかないうちに技師が二人とも逃げ帰ってしまい、挫折した。

それは二十歳前の話で、しばらく生家に戻り雌伏したのち、今度は日本で初の大蔵経の予約出版を思いたち、同志とともに各宗の高僧の間を飛び廻った。独力ではなかったが、多分生家から金をひっぱっていたろう。予約出版は順調に行くかに見えて、次第に読者数が尻すぼみになり、宗派間の争いもあって、完結に至らなかった。

最後に、利根川と江戸川をつなぐ利根運河の開設を思いたってしまう。生家が土浦にあったため、それまでは房総沖を廻って商品を江戸に運びこまねばならなかった。運河があれば短縮できる、というのが発想の源だったらしい。これはほぼ独力ではじめたため、予定どおりいかない土地買上げで疲弊したあげく、もう少しのところで生家ともども破産して、運河は銀行の手にひきつがれて完成した。

挫折ばかりで終った人だけれど、そもそも外を転げまわる性《たち》の人だったらしく、その間家事はまったくかえりみない。最初の妻は二人の女児を産んだ後で、伝染病のために急死し、加賀藩で漢学の教師を勤め、やや婚期を逸していた感じの婆が後妻に入った。よほど学問にコンプレックスがあったのか。

元来、婆はピュアーに育った女らしいが、それが対照的な亭主のせいで（留守がちといえど十二人も子をなしている）なおのこと道徳的なものにこだわりだした。古い写真や手紙などと一緒に、婆と子供たちとが漢詩や和歌を詠み合って慰さんだらしい書付がたくさん残っている。婆の団欒というのはそういう形であったらしく、その作歌も、私としては呆れざるをえないほど無骨な、筋目のみ正しくて趣の乏しいものばかりだ。

私の父にとって、爺は、印象がうすい、というより近々と接する機会がすくなかったらしい。そうしてこの当時の父は、婆のピュアーさの方にばかり眼が向いていたのであろう。

兵学校を受験することを爺の部屋に告げにいったときの話。

「そうか。男は自分で進路をきめろ」

と爺がいったという。
もうひとつ、士官になって軍港に碇泊しているときに、近くまで旅で来たからといって艦を訪ねてくれたときの話。爺は餅菓子の包みなどさげてやってきて、暑そうに扇子ばかり使っており、父も話題がなくて困ったという。

父が四十代の若さで海軍をやめたきっかけは、上官との衝突、と私はきかされていた。周囲の知人は、軍縮のせいではないか、という。私は一時期、爺の破産及び急死がきっかけかと想像していたことがあった。それは勘ちがいだった。破産のとき、父はまだ青年将校だったはずだ。

軍縮説は、説得力はあるが、私はなんとなく当らないような気がする。父は水雷開発時の専門将校であり、連合艦隊が挙行した第一回水雷発射実験の指揮官だった（失敗だったらしいが）。そのうえ海軍大学卒業時は成績三番で恩賜時計組だったという（その時計は艦の便所でぽちゃあんと落したそうで残っていない）。海大の成績が子供の手前の強がりとしても、新兵器の技術将校が軍縮の対象になるだろうか。

妙なことに父は、兵学校卒業時の成績が、五十人中四十何番という劣等生だったという。それで海大が三番。比較的近年のことだが、広島に所用で行った折り、それまでついぞ振り向かなかった江田島に足を伸ばして、残存する兵学校の校舎にある期別の卒業写真を見た。同期生が並んでいる中で、ひときわ色が黒く、帽子をあみだにかぶり、劣等生というより楽天的な不良の顔をしているのが父だった。

兵学校で写真を見てきたよ、というと父は露骨に不愉快な顔をした。

私が子供の頃に母がこういったことがある。

「お父さんはね、あんたが産まれる前に、一生分の働きをしてしまわれたんですよ」

それは家の父はいったい何をして生活しているのか、という類の私の質問の答だったと思う。私は物心ついてから父の働いたのを見たことがなかった。そうして、多分、海軍で働いてその恩給で食べているというふうな筋合の答だったのだろう。

ところが、父の話によると、海軍をやめたときの一時金で、何か事業をはじめようとしたらしい。父はそれに情熱を燃やしており、すくなくとも海軍を不承不承にやめたのではないようだった。

関東大震災のとき、父はもう海軍をやめていて、上野のビルの一室を事務所代りにして単身そこで寝起きしていた。朝昼兼用のサンドイッチを買って不忍池の中の観音堂に行き、パンを喰いながら新聞を読みはじめたら、ぐらぐらッときた。人が四方にはじけるように飛び散り、父は恰好をつけてゆっくり堂をおりたが、そのとたんに土埃りをあげて観音堂が潰れたという。借りていたビルも倒壊していて、牛込に住む婆や弟妹たちの様子を見に徒歩で帰った。牛込は被害がなく、婆たちは大通りに花茣蓙を敷いて避難し、のどかに談笑していた。

「それでこれは俺の運命だと思ったね。手をつけだしたばかりの仕事が駄目になっちまった。一時金もなくしちまったしな。自分は世間に出る柄じゃない。潔く隠居しましょうということだな」

ずっと後年に、その仕事というのが株のしのぎだと知ったとき、私は驚いた。父は一時金のすべてをAセメントに注ぎこみ、もくろみどおり値上り傾向に浮き浮きしていたところを震災にやられたのだった。取引中止の兜町にあきらめきれず、大阪の堂島まで泣きこみに行ったという。

しかし子供の頃は私はべつのことに関心を持っていた。というのは牛込の婆たちの中に私の母も混じっていることだった。震災の年は、父はまだ独身のはずだった。私の家には父の兄弟たちの結婚の写真は残らず揃っていたが、私の父母のは見当らなかった。そのことに関する質問を、好奇心から縁者の一人にして、母が婆つきの女中だったことを知った。私はそのとき中学生だったが、うんと早くグレていて、母が女中だろうと何だろうとあまり気にならなかった。ただ、しばらくの間、父が母をよく殴りつけること、この一点だけは父を許せなかった。

父は百八十糎の長身で、自他ともに認める日本人離れのした美男であり、基本的には洒落者だった。叔父たちも冗談まじりに、兄さんはああ見えて、海軍時代はずいぶん遊んだらしいぞ、と私にいったし、母も後年、結婚前に朝鮮の港にも台湾にも深い女が居たらしいよ、といった。けれども私の眼には、父が禁欲家に見えた。父のヒステリーは禁欲の末のものに思えて仕方なかった。父が老耄してからも、なおその思いが消えない。どうにもならぬ屈折した精力が、老いてなお母を殴りつけているように見えた。

父は晩婚だった。爺の破産急死以来、父は婆と連携して家の整理に大童だった。艦に乗っていたろうが、上陸するとかかりきりになっていたようだ。そのうえ爺が死んだとき、末の妹はまだ幼稚園だった。父は、わずかに残った家作を一軒ずつ売っては、弟たちは大学を出し、妹たちは嫁入りさせた。それは父が唯一やりとげた大事業かもしれない。

末の妹が嫁に行ってから、ようやく父は自分の結婚を考えたという。弟妹たちの父親代りになるのはいいが、皆が片づくまでは自分は独身でいなければならぬ、というのが父らしい。トンマなピュリタンが、禁欲の末、かえって女中に手をつけてしまった、という筋書もなくはないが、私の方も心の中で長いことそのディテールを醗酵させているうちに、それぱかりではないようだと思うようになった。

私は、父が、婆に深い思いを寄せていることをいつのまにか感じとっていた。その深い思いというものは、具体的にすることができない。ただ、私は父に、結局のところ深い思いを寄せていたので、そういうものとして受けとめていただけだ。父は、多分、婆の惣領に産まれたことを誇らしく思っただろう。スパルタ風の幼少年時代、婆を目標に、畏れ敬ってすごし、婆の存在がうっとうしく、大きく心を占め続けていただろう。祖父の破産後、艦に居るとはいえ、婆と一緒に家事に心をくだくことが一種の生甲斐になり、兄弟の誰彼を婆と一緒にあげつらったり、そういう団欒に身をおいていたのだろうと思う。

一面に集約していうと似ても似つかぬことになってしまうおそれがあるけれど、父が晩婚だった理由の一端は、婆にあったのではなかろうか。母は婆つきの女中であり、婆のお気に入りでもあった。母の方も邪気なく婆を尊敬していた。

そうして父は、私の知るかぎり、母を深く軽蔑していた。

戦争が烈しくなってきて、そろそろ空襲に対する身構えを本気で人々が考えだした頃、父は、輪になった針金を持ち出してきて、仏壇の上の爺の写真に、まず針金をぎりぎり巻きつけだした。そうしてその針金を婆の写真に伸ばして、同じようにぎりぎり巻きにした。爺の写真と婆の写真とが針金でつながり、しかも何重にも巻きつけられていた。それは両親を縛っているようでもあり、事に際して互いを離れなくしているようにも見える。

父は他の部屋の長押にかかっている、たとえば死んだ父の妹の写真にも、その針金をひっぱっていって巻きつけようとしていた。写真の方を仏壇のそばに持ってくるということはしない。私は中学生で、合点がいかぬままぼんやり眺めていた。

その当時、父は戦時下の町会長などを務め、父としては珍しく屈託のうすい張り切った日常をすごしているように見えた。実際、父は几帳面に、実直に町会長としての仕事をこなしていた。

ところが、家の中では、いったん巻いた針金をほどいて、前よりもっと整った巻き方に直す、というようなことばかりやっていた。

防空壕を家の床下に掘りはじめたのもその頃からだ。はじめ玄関の下に掘り、完成すると隣りの部屋に移り、また隣りに移るという手順で、家の床下一面を穴にしてしまった。そのときも私は手伝いもしたが、なかば以上は眺めていた。父は町会に出ているとき以外はほとんど穴の中で、ええ糞、といいながらシャベルをふるっていた。戦争が終らなかったら、まだどこまでも深く掘りさげていたかもしれない。

敗戦の日、父は天皇の放送もきかないで、一人で焼跡の家庭菜園の方に行ってしまった。親父さんは泣いている、と誰かがいった。

「そうかな――」と私は答えた。

「じゃ、何しに行ったんだい。こんな最中に。それとも、割腹でもする気かな」

平素、武人としか見えない面があったので、他にも割腹を案ずる者が居た。私の印象では、ひょっとすると泣いているかもしれぬが、割腹ということは考えられなかった。父は、家を重く見るように国を重く見ていたので、武人というのとはちがうのだった。

その日の夜だったか、翌日の夜だったか、はたして、敗戦という事実とさほど関係のないことをぽつりといった。

「お前の爺さんは、偉かったなァ――」

私はわざと訊いた。

「なぜ――?」

「どうもなァ、大きかった。昔はお前のお婆さんのことを偉いと思っていたが、だんだんそうは思わなくなったよ。爺さんの方が偉い。今さらそう思ったってなァ、俺がどうなるわけのものじゃないんだ」

父はおだやかな表情でそういった。けれども、どうしてか仏壇の上の写真にぎりぎり巻きつけた針金はしばらくの間とろうとしなかった。家の床下一面に掘られた穴のために、庭は泥で埋まっていたが、その泥を元に戻そうともしない。

戦後の父は、戦時中にもまして完全に感慨を主に生きているだけだった。恩給が停止され、さりとて世間の男たちに混じる年齢でも気質でもなく、経済の実権がやむをえず母の手に移り、父はただ端座して屈託しているだけになった。

それでも残存する家を守るという恰好は維持していて、家の処分などに関しては母の意志を認めなかった。父は箸箱を手もとにおいていて、猫などが座敷にあがりこんでくると、頭に一撃を喰わせた。癖になる、といった。蝿や蛾の類にも、箸箱を使う。耳が遠いので、ときどき眼を見開いて周囲を見廻す。さしたる用事のない人間が、囲いの中に入ってくることも許さなかった。汲取屋が入ってくるといって裏の木戸を潰し、塀にしたりした。そして苦渋の表情で、俺が居るから、お前たちの家があるんだ、などといったりした。

仏壇の婆の写真は、針金はとられていたけれど、もっと若い、中年の頃の写真に変えられていた。晩年の写真は伸ばしたためにボケているというのがその理由らしかったが、私はその現場に居ない。

私はその頃、中学をほったらかして家を飛び出し、外を転げ廻ってばくちを打って歩いていた。稀に、逃げ帰るようにして生家に戻り、その写真を見ても黙っていたし、父も何もいわない。しかし婆の中年の写真もボケている点では同じだった。

その頃、夢に婆とおぼしき女がさかんに出てきた。なぜか、写真でも見たことのないような若い頃の婆の日常が現われる。魚屋に寄っているところだったり、台所の上り框で出入りの大工と話しこんでいるところだったり、夜道を医者を迎えに行くところだったりする。醒めてからよく考えると、父や父の弟妹や、話にきく縁者の若い頃に当るらしき人物も現われたりするが、おおむねは婆が中心だった。中年の頃の婆も出てきた。

晩年の婆は現われない。ところがどういうわけか、その頃の私は、実際に見知っている晩年の婆をおぞましいものに感じていた。夢にも出てほしくなかった。

いつ頃からだったかはっきり記憶していないが、生家に戻って仏壇の上を見ると、今度は中年の婆の写真の顔が、急に怖い表情になっているように思えてきた。どうしてだか、生臭い厭な表情に見える。その夜だけでなく、生家に戻るたびにまっ先に見るが、どうも怖い。夢の方では晩年の婆が笑いかけてきたら厭だな、と思っているのに、生家の写真の前では、晩年の婆の写真の方が枯れてゆったりとしていたように思える。

それからまたしばらくして、生家に戻ったときに見ると、仏壇の上の写真が、爺の一枚だけになっていた。私はドキッとした。父にも、あの写真が怖い表情に見えたのか、と一瞬思った。

「おや、あの写真はどうしたの」

「――家というものは、男から男へと続いていくんだ。女の写真はなくていい」

それが父の返事だったが、母は、あたしに当てつけてるのよ、といった。

私がばくちを打ち歩いていた期間は戦後の六七年だが、そこから足を洗うときも、その後の方寸も、いっさい家には相談しなかった。自分で種子をまいておいて弱音は吐けない。したがって折り折りに生家に戻っていたけれど、私がどこで働き、どんなコースを行こうとしているか、父は関知していなかったと思う。小説の方の新人賞の件で出版社からの電報が生家に届いたときも、父は事情が呑みこめない顔つきだった。私はその電報だけ受けとりに戻って、またしばらく生家に帰らなかった。まがりなりにも一定の住所ができたあとは、住所と電話だけは生家に知らせておいた。

父はその書付を手元においていて、私あての郵便が生家に届くたびに、速達で転送してくれる。しかし私が生家に顔を出さないかぎり、父からは何もいってこない。

どういう風の吹きまわしか、たった一度だけ私の仮の巣に現われたことがある。日曜日で、転送をするつもりで郵便局が休みだったために、発心して直接やってきたのかもしれない。

父は私のところばかりでなく、冠婚葬祭でもなければ他人の家を訪問しない。訪ねても用事だけを片づけて帰ってしまう。

そのときは八十を少しすぎた頃だったろうか。扉をあけて父だったので、私はうろたえた。

しかも父の片方のズボンが数カ所切り裂かれており、血が流れていた。

「どうしたね」

「犬に、やられてな」

と父は弱々しくいった。

「俺も耄碌したよ。我ながら厭になった」

番地を頼りにやってきて、隣りの家に入ってしまったらしい。隣家には猛犬注意という標示が出ていたが、息子の住居と信じてそのまま中へ入った。犬が吠え寄ってきたが関心が向かない。足に噛みつかれて、蹴飛ばした。犬が噛む。また蹴り飛ばす。そうして父は玄関の方に進む。犬はますます逸り立つ。木片で父は一撃したらしい。あまりの物音に家の人が出てきた。父は私の名をいって、呼んでくれといったそうだが話が通じない。やっとそこで隣家だということがわかった。

私は硼酸水を作り、しゃがみこんで父の足を洗い、応急の繃帯を巻いた。

「狂犬じゃなかろうが、ま、医者に行かなきゃね。日曜日でやってるかな」

「なに、もう痛くない。このままでいい」

「ズボンはどうする」

「このままでいいよ」

父の肩を抱くようにして近くの病院に連れて行き、宿直の医者に見せた。

「なァに、たいしたことはない」

と父は医者にもいった。

「赤チンでもつけてくれれば結構」

父は病院の前からバスに乗りそうにしたが、家で少し休んでいくといい、と私はいった。

「腹がへったな、ソバでも喰おうか」

「俺ン ところに残り飯ならあるよ。日曜日で誰も居ないが、家で一緒に喰おう」

誰も居ない、というのがその気にさせたのかもしれない。父は珍しく私のいうことをきいて、巣にあがりこんできた。

私の煙草を一本とって、火をつけた。そうして部屋の様子を見廻した。

「お前は好きなことばかりやってるから駄目だ。嫌いなこともやらなくちゃな」

「そうだ。俺は好きなことばかりやってる」

「お前等は、親父は毎日何もしないで暮していていいなと思ってるかもしれんが、これでなかなか楽じゃない」

私は注意深く黙っていた。

「俺は俺で嫌いなことばかりやってる。誰かが厭なことをやらなくちゃならん」

父の声音が弱いので、私は、無言で合槌を打った。

父はしばらく、足の繃帯に手を当てて眺めていた。

「それで、このざまだ」

「犬が噛んだだけさ」

「いや、このざまだ」

と父はくりかえした。

「俺の一生は、失敗だったな」

「親父さんみたいに長生きすれば、誰だって悔いるだろう。普通は悔いる閑もなく死んじゃうんだ。長生きは辛いね」

「いや、失敗はいい。なんというのかな、俺は今考えても、俺のこれまでの生き方しかできそうもない。それが駄目だな。若いうちはそれが駄目だなんて考えなかった」

私は合槌も慎しんでいた。

「親父が、お前の爺さんだな、死んだのが俺の二十九の年だ。破産する少し前から親父の送金がすくなくてな。なにしろ家は大人数だから。そんなこともあったが、そうでなくても同じだったろう。俺は兵学校を出たときから、海軍の俸給をずっと家に直接送金してもらっていたよ。それでお袋が、俺の小遣いだけわけて艦に送ってくれる。海軍をやめるまでずっとそうだった。

破産のせいもあるがね」

　第一次大戦のときだったな――、と父は続けた。

「大戦が終ってから、戦時報奨が出たんだ。そのときはじめてお袋にそういったんだな。これは自分の命をかけて貰ったお金だから、私の自由に使わしてください。――それで、その金を持って釜山に上陸した。何に使っていいかわからなくて街を歩いていると、菓子屋が店の裏手で羊かんの型箱の中に煮上げたばかりの餡を流しこんでるんだ。それがうまそうでね。買って、指を二本使って、熱い奴をしごいて喰った。三十すぎの海軍士官がだぞ」

「――」

「いつ頃からかなァ、俺は株屋をやってみたくなった。その頃、お袋に本気で腹を立てていてなァ。なに、特にどういうことじゃないんだが、俺はセメントの株を買ってみたくて何年も考えていたんだよ。町がだんだん近代化されていくだろう。海軍をやめて一時金を家にいれずに、無断で使っちまったんだ。家じゅうで評判がわるくてなァ。それで、前に話したかしらんが、震災でな。そのときにもうこれできっぱりやめましょうと思った。俺はお行儀がいいんだ。お袋の仕こみでな。親父のように失敗を重ねていくことができん。――もっとも本気でやろうと思ったことが俺はたかだか株道楽でな。親父とはちがう。親父の発想はちがうよ。だから大失敗ができるんだな。俺は知らず知らずのうちに、女の生き方をしちまった。行儀がいいだけさ」

父は老いてから、長広舌をふるうことが珍しくなくなった。話相手は稀にしか居なかったが。

「だが俺は親父は嫌いなんだ。どうしてもな。俺は人という奴が嫌いだから。――俺は俺の生き方でいいと思えればなァ」

父はそこで詠嘆の語調を消して、

「さ、おい、飯をくれや」

といった。

雀

私どもがまだ幼かった頃、つまり五十年ほど前は、大きくなったら何になりたい、と訊くと、運転手、と答える子が多かった。私もそう答えた覚えがある。それは現今の子が、宇宙人やロボットに関心を抱くのに似ているのかもしれない。

電車も汽車もそのずっと以前から走っていたのだけれど、そんなことは私どもとは関係がない。幼い頃に、身のまわりのものや世の中のことどもを、ひとつひとつ認識していく。その道中で、どうにも子供の日常感覚では手に余るようなものがあり、その代表が電車の類だったと思う。あの鋼鉄の物体が線路の上を驀進するというのが、馴染めないし、逆に吸い寄せられることにもなる。運転手、という返答をきいていて大人は笑ったが、これは大人の手前、邪気を殺して健全に答えたにすぎないので、私どもの頭には大人の在り方として、まっ先に運転手という形が出てくるが、自分が運転手になれるとは思わない。それどころか、彼等が、それこそ宇宙人のように遠く冷たい生き物に見えた。(私のその頃のイメージでは、運転手というものは、太い縁の眼鏡をかけ、小鼻の脇に筋がきざまれ、こころもち歯の出た石炭殻のような表情をしていた)

自動車やバスは、数がすくなかったせいもあるけれど、なんだか柔らかくスィートで、動いているのが諒解できる。飛行機はまだ日常的なものではなかった。一度、隣家にかこまれた庭から見える小さな青空の中に飛行船が現われて、肝をつぶしたことがあったが、それも一度きりだ。

電車の類に、私どもがうまく対応できなかったのは、その個体の暴力性ということのほかに、電車たちの世界全体が持っているデジタルな仕組みのようなものをなんとなく感じていたのでもあろう。ひとつひとつはただ意味なく狂奔しているように見えるけれど、誰がなんでそんなことをするのか知らないが、どこかで牛耳っているものがあって、それで全体が一糸乱れず狂奔している、というのがすっと喉をとおりにくい。

私、ばかりでなく、私どもは、その牛耳り、牛耳られているものを、小さな掌の中に摑みとろうとして、電車ごっこ、なる遊びに夢中になるのである。これはつまり、あの世界の箱庭で、狂おしい響きや邪魔物を踏み潰していくような険悪なものは欠け落ちている。しかし全体の仕組みのメカニックな質量は、想像力でいくらでもふくらませることができる。

生家の部屋の中で、畳のヘリの黒いところを線路に見立てて、私も夢中になってやった。デパートで売っている電気仕掛けの玩具には興味が起きなかった。何故といって、それらは個体でしかなかったから。私の電車は、積木の木片であり、絵葉書の類だった。たくさんの電車を、できるだけ複雑な構成で走らせなければならない。私はまもなく、運転手どころか、どこかで全体を牛耳っている怪物になりすますことができた。その遊びは幼児期を脱しても卒業できない。そのかわり複雑さが増す。時刻表《ダイヤグラム》のとおり目覚し時計をおいて、全体が寸分たがわず動かなければならない。線路は次第に拡張されて、三つぐらいの部屋にまたがっている。やりはじめたら最期、途中でやめる余裕はない。そうして、煩雑な構成が定まってしまうと、牛耳っている気分よりも、煩雑さを実行せねばならぬ命題の虜となってしまって、面白いどころか、退屈で、小忙しくて、いたずらに疲労に包まれる。さながら私自身がその世界に沈んで牛耳られているようになった。実際は、牛耳り、牛耳られる、というふうになって、この遊びが完成したのでもあろうけれど、それ以外にもうひとつ、中毒、という症状が残る。中学生になってもやめられない。六つ年下の弟にその病気が移った。弟は、電車の音を「まァあ――」というふうに表現した。ごおッ、とか、ガタンゴトン、とか、そういう常套の折衷ではなく、「まァあ、まァ、まァあ」という。そういう表現をする男を他に知らない。けれども全体の響きに混じってたしかにそういう旋律が含まれているようでもあり、電車の音に対する彼の自信がうかがえた。そうして、朝から晩までそんなことをやっていると父親が、実に苦々しげに眼を寄越していた。

けれども、電車ごっこの類をしていないのは、この家では母親だけのはずだった。父親は電車ごっこという形にはならなかったが、私どもと同じく朝から晩まで、トランプを切り並べかえしているのだった。

「御飯ですよ、お父さん」

「ああ――」

「来てください。汁がさめてしまうから」

「今、行く」

「――お父さんたら」

弟は、「まァー」という声を出している。私は、「ズン、ズン、タン、タン――」と小さく呟いて全体を徐行させる。父親は無言でカードを切っている。父親は自分の遊びについて、何も説明しなかったけれど、私も弟も、実は私どもと同じ種類の遊びをしていることを知っていた。その証拠に、父親は包紙の裏などに、シャフルしたカードを並べた結果をいちいち記入していた。その包紙の切れ端が溜まると、少し惜しそうに眺めた後、鼻をかんでしまう。それは表面的には占いかなにかだったのだろうが、不特定の多数の人物に対してであって、たとえば世界中の未知の人物を占っていたかもしれない。

恩給生活で何もすることがなかったせいもあるけれど、それよりなにより、その遊びをはじめてしまった以上、なまじっかなことで手抜きはできない。私も弟も、父親が起つまでは起たなかった。そうして父親が怒鳴る。

「食事といわれたら食事しないか」

私は、小さい時分、生きるとはこういうことだと思っていた。つまり、生産にも消費にも関与しないが、小忙しく、退屈で、疲労困憊してしまうようなものだというふうに。

私の感じでは、それで、電車の類と充分に親密になれたつもりでいた。或いは、諒解ができた、というべきか。

あれはいつの頃からだったか、生家の四五軒北側を、省線（国電）が走っていたような気がしはじめた。四五軒北側の人家の蔭から現われて狭い道を飛び越え、向かいの看護婦会に突入し、地下に潜って生家の横を走り抜ける。それは中央線でも山手線でもなくて、飯田橋から早稲田、そして池袋に達する線であり、戦争中に廃線になって、途中の各駅が屋根をはらわれ雨ざらしになっている姿まで憶えている。憶えているけれども、そういう線があった痕跡は何ひとつ残っていない。私は、轟ッ、という響きをときどき身近にききながら育ったような気がしているのだが。

部屋の畳をあげて床下にもぐり、便所の横から地底の線路に飛びおりる。そうして線路脇を歩いていくと、一本道で飯田橋に出られる。電車が驀進してくるとトンネルの壁に背中をつけてやりすごす。

「洋服のボタンは全部つけてろよ——」と年上の子が注意してくれる。「はずれてると、裾が風でまくれて、車体にひっかけられるぞ」

飯田橋駅に近いところで地上に出て、するととたんにガードがあり、そこは道はばがせまくなっていて、すれちがう電車がお互いに近寄って走る。あそこに立ってちゃいかん、といわれた。いずれにせよ、スリルに満ちていて、もう二度とトンネルを行くのはよそう、としきりに思う。そういう記憶が、どうして事実とまるで結びつかないのか。

成人しかかる頃、大戦争が苛烈になり、東京の中学生の私どもも生きた心地がしない日が続いた。餓えにも、火に追われることにも、死骸にも慣れた。しかし同時にその経験は骨身にしみこんだようで、ふりかえれば私どもの一生の山場はあそこだった、というふうにすら思える。それで、今の私をおびやかしてくるものというと、餓えでも、火でも、死骸でもないのが不思議だ。あの大きな経験が、私の予想ほどには身内の中に大きな波紋を投じていないように見える。これはどうしてなのか。偶然生き残ってしまったために楽天的にならざるをえないのだろうか。

品川とか、田端とか、汽車と電車、それに貨物や私鉄が加わって、見渡すかぎり線路の列が並び拡がっているようなところが、その頃の私どもにとっては、鉄道というものの暴力性の象徴だった。私は臆病だからそういう場所を好まない。しかし何かの事情でそこに至ることがある。そうしてまた、原則的な事情は、どこの線路も同じことなのである。

品川にも、田端にも、長い陸橋が線路の列を跨いでいた。陸橋の上を渡れば問題はないのに、私はいつでも、夢の中でトコトコと下の線路を一本ずつ跨ぎ越していく。

列車は上りと下りがある。たえず左右に眼を配らなければならない。上りをやりすごして、下りの気配を見るといっても、いったんスタートした以上、いつでもどこかの線路上に居るわけで、一単位の上りと下りだけを眺めて絶対安全チャンスを待つうちに、今立っている線路上が危険を迎えることになる場合がある。といって、やりすごしたあと、しばらくは安全のはずの上りの線路に、すぐ続いて後続の電車が追いすがってきている場合もある。

国電は、迫力にはやや欠けるが、頻繁であるうえに、音もなく忍び寄ってくる感じだし、凹地を通過するためにすぐそばに来るまでわからない場合がある。

それでも私は戻ろうとしない。連日、ウルトラCに挑むサーカス芸人のように、或いは闘牛士のように、線路にへばりついている。うまくかわして通過する電車の中から、運転手が無言でこちらを見ている。私も異人種のような彼等の視線をだまってはじき返す。

私は、轢かれるか、かわすか、だ。彼等は私を、轢くか、轢けずに通過するか、だ。私はその修羅を避けることができない。するとこのあたりに、B29の体験が反映しているのか。

たくさんの線路がまだ並んでいる。私の眼には、線路たちが混ざり合いくっつき合って、識別しがたくなっている。けれどもじっとしていることはできない。目前の線路に車体の影はないけれど、遠くにロードローラーのような形をした兇悪な貨物列車が驀進してくるのが見える。それから特別仕立の急行列車が銀蛇のように伸びてくる。

ある日、白い湯気をうすくたなびかせながら、地を揺るがしてきた黒い塊が、急に斜めに方向を変えて私が立っている番線に乗り移ってきたときから、こちらのかわしの判断が一倍むずかしくなってきた。それまで、左右だけを気をつけて、列車の存在を捕捉していればよかったのが、敵の変化を計算にいれなければならなくなってきたから。しかし、変化するか、しないか、相手の勝手で、手元にひきつけるまで解答が出ない。

運転士はあいかわらず無表情で、すすけた顔で前方を見たままだ。けれどもこちらに対する害意は明瞭で、その証拠に来る列車すべて私を狙って乗り移ってくる。

御茶ノ水の崖をずるずるとおりて、線路上に飛びおりてみると、背中は崖、向う側ははるか下を神田川、どっちにしても線路の外枠がない。しかも品川や田端のように、数えきれないほど線路が並んでいる。そのときはどうしてか、凪いだように電車が通らなかった。私は安心してゆっくり線路を跨ぎ越していった。はるか向うの線路を、単騎で、細長い顔をした荷物電車が、しお、しお、しお、と走ってくる。運転台と車掌の居る後尾だけが箱型になり、中間は何もなくてヘルメットをかぶった工夫たちがしゃがんでいる。

荷物電車は途中で停まって不吉に小揺るぎもしない。すると反対側から、一番崖下に近い普段は定期列車が通らないところを、小さい電気機関車に引かれた五輌連結の貨物がやってきた。それはとてものろくて、姿が見えているがなかなか通過しない。

遠くで電車の鳴らす警笛が長く尾を引いてきこえた。それを合図のように、遠くのガードから、同方向に並んだ電車が二列でするすると現われた。反対側から、何本かの電車が矢のように進んでくる。私はうろたえて右へ左へ飛びはねた。その外側を、けっしてここは通らないはずの長距離列車が行く。顔に見覚えのある運転士がじっと前方を見ている。手前を通過した電車にすぐ後続が続いている。もうそのときは電車をひとつずつ見定めている余裕がなかった。右からも左からも、ダムが決壊したように電車が続く。どこにも空きの線路がない。ラッシュアワーに巻きこまれた、と私は覚った。一日一回だけ、全線路をフル廻転せざるをえないような過密ダイヤの魔の刻が、どこの線路にもあって、邪魔者はそのときなぎはらわれるのだ。

その経験は私の身体にしみこんで、以後、けっして鉄道を小馬鹿にしないようにした。しかもなお、ふっと忘れる瞬間がある。

すると、そのときもう、荷物電車が離れたところに停まっているのだ。私はあわてて崖に飛びつき、じりじりあがろうとする。

眠る、ということは不思議なもので、じっとして何もしないから無難かというとそうでもない。むしろ油断して無防備になっているらしい。というのはいつも私は危険が内包されていることを忘れて、線路の上に飛び出してしまうのである。上り下りの国電をなれた足どりで二三台やりすごす。そのとき、もうその向うに、工夫たちを乗せた不吉な荷物電車が止まっている。ふりむくと、玩具のような電気機関車がのろのろと一番端の線路をやってくる。のろい動きで崖ぎわを動いてくる。

あッ、と思うがすでにしてまにあわない。いっせいに、いろめきたつように線路上が混み合ってくる。狩りに追われる野豚のように、私は線路上を逃げまどうが、結局雪隠詰めになってしまう。

ある日は中野の車庫のそばの踏切で、その魔の刻を迎えることになる。手順どおり、不吉な荷物電車が眼の前を走って行き、急に混乱が訪ずれ、あとからあとから毒々しい恰好の列車が続く。やれやれ、今日は助かった。一番手前の線路を走ってきた貨物列車が、突然、踏切の所で直角に向きを変え、踏切の棒をばりばりとこわして私の方へ向かってくる。

私はもう彼等の悪意を疑わない。線路の上に枕木を乗せておいたり、信号の色を変えたり、切換器を逆に操作してみたり。大きな黒い悪魔が目前でゆっくり反転する。私は線路と線路の間に立って、すれすれのところで列車を避けるコツを体得しはじめた。すると、続々と走ってくる列車の後から、大きな黒犀が首を低くして貨物をひっぱってくるのが見える。犀は獰猛な足どりでじぐざぐに進んでくる。

とうとう私は魔の刻にまきこまれないようになった。その刻になると見るや、手近の信号機を見つけ、その鉄棒の後ろに避難する。残念ながら列車は鉄棒にさえぎられて私をかすめて走るよりほかはない。

ある日、竜のような顔をした列車が信号機のかたわらで停車した。そうして、全体をがたんと慄わせ、首の先をにゅっと私の方に向けた。危機を感じて私は信号機をはい登ったが、敵も信号機に巻きついて、機の尖端まで追っかけてきた。

小学生の頃だが、父親がふいにそばにやってきて「今日はいいところへ連れていってやる——」という。弟は表で遊んでおり、母親は洗濯をしていた。

私は喜んで支度をした。いいところってどこなんだろう。父親はそれ以上、何もいわない。

そうして外に出ると、

「歩くぞ——」

といった。彼は右手をまっすぐ下に伸ばし、人差指と中指、二本を下に突きだした。ここを握れ、という。私は小さい掌で父親の二本指を握り、彼の歩幅に合わせて懸命に歩くが、そのうちに掌が指から脱け落ちてしまう。ぼんやりするな、と叱られる。

映画館だろうか、と私は道々思った。砂土原の台地を越し、外濠から一口坂を抜け、麹町に出、三宅坂から桜田門、そうして日比谷公園の裏手から公園内に入った。父親はそこでベンチに腰をおろした。

「ああ——」と父親は風を眺める表情でいった。「こんなことで、へこたれちゃいかん」

私はまだ、どの映画を観ることになるんだろう、と思っていた。

「俺たちの時分はな、皆歩いた。俺なんざ、牛込から芝まで、毎日かよったんだ。埼玉県の方から歩いてきてた子も居る。昔の人は、勉強したい一心でな」

「何時間くらいかかるの」

「さァ——。とにかくその子は毎日遅刻で、俺たちが勉強してるところへやってきて、こっそり一番うしろの机に坐って、まわりの子が広げている教科書をのぞいて、自分も静かに同じページを広げるんだ」

「疲れないの」

「かわいそうだったよ。うっかりすると学校に着いたとたんに、帰り支度をはじめるんだ。その時分は夜になるとまっくらだからな」

父親はわき見をするということが嫌いだった。ショーウィンドーや店の人などを眺めるということがいけない。ぼやぼやするな、という。歩くということは、背筋を伸ばして、一心に前方の虚空をみつめて、足を動かす。それに気をとられると、父親の二本指から、掌が抜ける。

彼はまた、歩道の石畳の縁の線を踏むことをよしとしなかった。歩幅が、三つ目くらいの石畳のまん中に入る。だから街角で、いったん歩道が切れて、新しい歩道にひと足乗せるときに慎重に下を見定める。どうしてそういう小さいことが気になりだしたかというと、私は下ばかり眺めて歩いていたからだ。

弟も、道を曲るとき、辻のまん中まで行って、そこで九十度に曲る。小さい頃は、口の中で小さく「まァあ――」とか、ブレイキの空気を抜く「シュウ――」という音をさせたりしながら曲っていた。成人してからは沈黙したままだが、今でも心情的にはやっているにちがいない。

私たちはまた二人で銭湯に出かけても、かわるがわる湯舟につかるとき、何番線に入る、というようなことを考えながら、入る。

新婚旅行に行ったときも、やっぱりやっていて、新婦に荷物を持たせ、写真ばかり撮っていたという。実際はその背後の電車を撮っているのだが、嫁を立たせないとみっともないから、といった。弟は、鉄道員になりたいとは、つゆほども思っていないようだったが、絶えず手帖を持っていて、自分の乗った電車や列車の車体記号をメモする。ばかりでなく、すれちがったり眼にふれたりした車体記号も残らずつける。

電車に乗ると必ず手帖をとりだすが、

「のぞくな――」

といって、妻には手帖の中を見せない。

「あたしにはのぞかせないで、よその人には見せるのよ」

と妻はいう。

弟の大学ノートには、あらゆる型式の車体の番号が記載されていて、正の字がみずから乗った回数をあらわしている。

しかし弟にいわせれば、それ式のことを形を変えて私もやっているらしい。

父親は、息子たちが頭を空にしている、というより、そんなふうなことを頭の中にいつも居坐らせていることを非常に嫌がった。

「ぼやぼやしている――」

といった。けれども私たちはもう、電車ごっこはやらない。頭の中の絵葉書は、父親だって蹴散らすことはできない。それで、

「お前たちは、蛾だ——」

といったりした。それから、

「お前たちは、虫だ——」

ともいった。そういうことをいわねばならない親というものは哀しかったと思う。

戦時体制がきびしくなった頃、何にも職のない父親は、青年団長とか町会長とかいう役に狩り出された。父親は急に人が変って勤勉になり、ルーズリーフをたくさん買いこんできて、町内の全世帯を書きこんだ。一世帯に一枚ずつページを費やして、その世帯に関することをすべて記しこむ。某という所帯が話題になると、そのページをあけて、すべてのデータを一瞥する。

「見ろ、ここにちゃんと書いてある」

というが、それだけのことである。

弟が、「どうもこの家の人は、書いても書いても書ききれないことを、書きこむということが好きだね」

といった。

「まァね、——何か役に立つ方角に、俺たちは関心が向かわないね。何にもやらないってわけじゃないんだけども。俺たちの頭の中には石ころみたいなものが詰まっていて、あまり他のことを考えられないんだよな。石ころはただの石ころで、何の役にも立たないし」

私たちはときどきその種の話題を口に乗せて苦笑し合ったが、それだけのことだった。弟はそれで五十年近く生きて、ごく普通のサラリーマンの風貌になったが、その生活のゴール近くに来て、もはや喘いでいる気配が感じられる。

「停年になったらな、今度は好きなことをやるんだ」

「好きなことって、なんだ」

返答がない。彼は、電車が自分を離さない、ということを他人に覚られるのが嫌で、他の趣味を表立たせている。たとえば、競馬。しかしそのわりに身が入らない。彼は頭の中の石ころの間のわずかな隙間のような部分で世間と交際している。この世は、電車。というのが彼の偽らざる実感であり、とにかく電車も存在するのだから、よけいにややこしくなってきて、彼も私もそこをうまく主張できない。

父親がその日連れて行ってくれたのは、有楽町に新設されたプラネタリウムだった。星の世界が円天井にくっきりと映しだされ、天文学者らしい解説者が手にとるように説明してくれる。私は、自分たちの日常にほとんど関係ないことが、瀟洒な見世物になっていることに感心した。

田舎の駅。駅を出はずれたところに一台の機関車が、ひっそり停まっている。

まわりはただの野ッ原で、駅には屋根も柱もない。陽が沈みかけているので、ぽつりぽつり待っている客たちの影が長い。

私はホームの端に佇んで、安全地帯を眼で追い求めている。あれが動きだしたら私をめがけて狂奔してくるだろうから、それに備えてどこに居るべきか。

多分、ホームには駈けあがってくる。上り側はそこから一直線で駄目。下り側に漫然と立っているのでは、斜行してきたときの好餌だ。線路にはおりられない。待合室の中か。彼は強風を避けるためだけの小さな待合室など一気に崩してしまうだろう。

私は待合室の蔭の、彼の視覚が届かないところに小さくしゃがんだ。

機が熟して、機関車が二三度胴ぶるいをしたかと思うと、短く汽笛を鳴らした。あんのじょう彼は一気にホームに駈けあがり、端から人間を線路に掃き捨てて行く。私の居る待合室の蔭に来て、くるりと向きを変えた。もちろんこちらは下り側に面した死角に移っている。ごろごろ音させて彼が迫ってくる。私たちは待合室の外側の鬼ごっこをしばらく続けた。それから彼が不意に溜めた息を吐くように白い蒸気をしゅーッと出すと、ホームを8の字形に走りはじめた。私は忍者のように右に左に彼を避けながら、やっと駅舎に通じる階段を発見し、一散に駈けおりた。その階段にも線路が敷かれている。

で、私はくろぐろとした機関車が現われると、どんなところにだって線路が敷いてあると思わなければならなかった。私は、彼がまだ現われないうちから、ここだけは来られまいと考えて、地下の切符売り場の中とか、ビルの七階の管制官の部屋などに逃げこむのだが、そこに至ると線路を発見してあわてて場所を変えることになる。そうして彼は、私を探す手順を省いたように、必ず私の居る方に直進してくる。

私はある日、線路工夫として働かねばならない破目になった。大きなカーブの手前に私が立ち、鶴嘴を使っている先輩たちに電車が迫っていることを伝えねばならない。電車が音もなく来るので、ともすると、ぼやぼやしそうになる。私の眼の前を通過していく電車を見て、あわてて大声をあげ旗を振る。線路に腰をおろした先輩が、ひょいと顔をあげて電車を見る。だが電車は速度を変えない。

先輩たちは私の失敗を、一度は許してくれた。けれども私を遊び道具にすることを忘れなかった。工夫小屋で夜食を作ってくれる。鳥の内臓を料理して喰えといって笑う。先輩たちは皆、丸い眼鏡をかけていて、大きな黒い顔をしている。

私はその職場を退去するのだけが楽しみだった。帽子をかぶって、線路の端を一人で歩いて帰る。飯田橋駅の手前で、手前の線路が斜めに上方に盛りあがり、下の線路を睥睨しながら引込線につながっていくが、私はその手前でいつも迷うのだ。上を行くといけなかったか。下に乗りかえるといけなかったか。

どちらにしても同じところに出てしまう。線路は一本で、そこから先は方向を変えられない。いつのまにか足もとに水が溜まっており、鯉が泳いでいたりする。左右に官舎のような建物が続いていて、パートのおばさんたちがあちこちで働いている。いつまでたっても駅は見えない。しかし官舎の方に行く枝道に入ると何があるかわかっているから、まっすぐ歩いていくより仕方がない。枝道を行くと、おばさんたちが流れ作業で死体の腑分け作業をしているのだ。鯉だと思いこもうとしているが、それは電車に轢かれた人たちの内臓なのだ。私は懸命に、慣れたふりをして、まっすぐ先に歩いていく。

父親が死んでしばらくして、弟がこういった。

「おやじ、今、何してると思う」

弟は、そっと打ち明けるように、私にいった。

「おやじは、伊勢の方に居るよ」

「——どうしてわかる」

「おやじの小机の上に、鉛筆があって、それに、伊勢市、と金文字が入ってるんだ」

「おやじは誰かの家に居るのか」

「ああ。小机に坐って、たくさんの紙に絵や字を書いてるのさ。まわりは田んぼで、雀がいっぱい来ている」

「それで、何か話したか」

「雀の戸籍を作ってる、俺が訊いたときはそういってたな。一枚ずつ、雀の絵が描いてあって、毎日、どれが何をしているか、書きこんでるんだ。舌をちょっと出して、一生懸命書いてたよ。俺たちの後生よりいくらかよさそうだな」

「ああ、いくらかな」

と、私はいった。

陽は西へ

春

自分にとって一番古い記憶というものを思い出そうとしても、先端に近い部分はもう茫漠とした煙のようになっていてよくわからない。自分のよだれ掛けに吐いた乳の臭いを嗅いだ記憶があって、いまだに牛乳を受けつけない理由の大半はそれだけれど、後年に頭で造ったことかもしれない。ただ、とりあげてくれた医師が戦時中まで近くに住んでいて、出産時に骨を折った話をよくしてくれた。出産時のみならず、心身ともに弱い赤ん坊だったらしい。ひまし油をたびたび呑まされた記憶があるが、それは実際には三歳か四歳になった頃か。

それでくっきりと印象に残っている絵としては、小さな奥庭に面した広縁の隅の、手水場と雨戸の戸袋のところに当っている陽だまりを、仰臥した私が幼児の視線でぼんやり眺めているというものだ。実証はできないけれども、これはたしかに古い。手水場は西側の隅にあったから、これは東側から射す朝の陽で、南側と西側に二階家が建ったために、朝のこの刻をのぞいて陽が当らない。

陽光の柱のような陽だまりの中に、埃や、小さな糸くずのようなものや、微生物などがたくさんの白い点になって浮遊している。それで実際の陽光よりもいくらかまぶしく見える。白い点たちはいっせいに上方に浮きあがっていくように見えるが、実は点模様はほとんど変っていない。私はじっとそこに視線をとめている。多分、下痢かなにかで薬を呑まされて人心地がつきはじめたときだったのだろう。安息というふうな気分をそのとき味わって、それが印象として強く残っているのかもしれない。

この国の内実はともかく、表面は平和に見えた頃で、不景気でもあった。私の祖父はその前の大正年間に破産して急死。海軍だった父親が陸にあがってその後始末に汲々としていたらしい。祖父は籍に入れた子が二十人余、実子は十二人だったようだが、外で造ってひきとった子も他にあっただろうし、懇意にしていた禅寺の坊さんに頼まれるとひきとるということもその頃は珍しいことではなかったらしい。父親の上の二人の姉は、病没した最初の夫人の子で、父親からが後妻の子。しかし数が多くて年端のいかない弟妹もあったので、長男の父親が親がわりになっていたという。

私が生まれる前のことで、詳細は知らないが、長姉は、祖父の事業仲間で親友だった人の後妻にいき、二姉は陸軍に嫁した。二姉の相手は宇都宮の連隊で師団長かなにかだったそうだが、年齢も離れており、大人たちの会話で酒乱という噂を小耳にはさんだこともある。そのせいかどうか、同じ連隊のずっと年下の軍人と、婚家で造った子を残して逸走した。

むろんその辺の事情はくわしくきかされなかったし、ひょっとしたら当時の私はアウトラインさえ知らなかったかもしれない。けれども親戚の中でその伯母だけ会ったことがなかったので、なんとなく謎の人に思っていた。私はその伯母を、朝鮮飴の伯母ちゃん、と呼んでいた。

毎年、暮近くなると、朝鮮からその飴がかなり大きい包みで送られてくる。彼女の連添《つれあい》がその方面に駐屯する師団に居たのだろう。朝鮮飴というのは内地では別名があるらしいが、近頃みかけないので名称をはっきり憶い出せない。みすず飴だったか。一つ一つオブラートに包んであって、ゼリー状だがもっと固く、喰い千切るときに餅のような感触すらある。特有の甘みがあるが、なんだか古風な味で、キャラメルなんかの方がずっと飴らしく思った。どうして他の菓子を送ってくれないいんだろうと思う。したがって押入れにしまってある場所も知っていたが、あまり手が伸びない。次の年にまた送られてくるまで、どうかすると少し残っていたりした。

私が小学校にあがったかあがらないかという頃、かつ子さんが訪ねてくるかもしれない、と母親からきいた。私にとってそれほど大事件ではなかったが、ある日門の前で遊んでいると、母親が出てきて、百メートルほど離れた四つ辻の方に行った。母親は小走るような足どりだった。四つ辻に荷物を持った小柄な女の人が立っていた。

春先のうすら寒い日で、ときどき突風のような風が吹いていたと思う。私が近づいていくと、タケちゃん、大きうなって、と伯母はいい、大きな家の庭の古木に眼を走らせて、あたしもここらでよく蟬を捕えたりしたんだけど、といった。私は母親にうながされて、朝鮮飴、いつもありがとう、といったがその返事は戻ってこなかった。四つ辻の塀に当った陽だまりのところで、ときどき通る通行人に背を向けて、伯母は泣き、母親も貰い泣いた。生まれた家に入れないなんて、といったきり二人とも会話もなく立ちつくしていた。

私は、陽だまりの、風が吹くたび狂い舞う白い点々を眺めているふりで、伯母を盗み見ていた。顎のところの大きなほくろの他は、私にはどことい って特別なところのあるような人には見受けられなかったし、泣いているせいか皺ぶかくも見えた。

それからまもなく中国での戦争がはじまったと思う。

その伯母のことは父親の兄弟たちの間でも話題にのぼらないようだった。それが表面の景色だったのか、大勢だし年齢も離れていて印象の淡い姉だったのか、よくわからない。音信もないようだったけれど、朝鮮飴だけは、諸事配給制になって街で自由に飲食できなくなる頃も、毎年きちんと送られてきた。そうしていつのまにか途絶えたときは戦争が烈しくなっていて、こんなときに朝鮮飴でもあったらなァ、と思うことがしばしばあった。

広島に新型爆弾がおちたあとで、被害の噂が大きくひろまっている最中に、

「あそこの家も、やられたなァ」

「誰――?」

「――かつ子」

という両親の会話で、伯母のところが広島の師団に移っていたことを知った。

広島の人が全部死んだわけではあるまいに、と私は思っていたが、戦後それなりに調べたことがあるらしく、親たちは、一家が根絶やしになったらしい、と諒承していた気配がある。

爆弾がおちたときに広島の兵営に居た私の年上の知人が居り、あるとき話題に出そうとしたが、連添の姓名を度忘れして口にすることができなかった。後で姓名は思いだしたが、そのときは知人の方が原爆症らしきもので亡くなっていた。

伯母は先の婚家先にも子があり、再婚の方にも子を造ったはずだが、血のうえでは従兄弟になると思える彼等の顔を私は知らない。

夏

なんだか大柄な娘だな、というのが伊津子の第一印象だった。もっとも現今の若い人は総じて大きくなった。ひきあわせてくれた人が、彼女は高校まで水泳の選手だったといい、得意技は引越の手伝いです、といった。伊津子もそれを受けて、

「ええ、体力だけが売り物です」

といって笑った。

しかし彼女は近県の大学を好成績で出ており、卒論で優秀賞を貰ったという。その卒論のテーマが、偶然、私の家の四代ほど前の人物を調べたもので、その日持参していた。

「よくこんな人物に白羽の矢をあてたね」

「古文書がすこし読めるものですから、それに日記の類が図書館にたくさん残っていて、材料に困らなかったんです」

彼女はその大学のある都市の近くの寺の娘だった。寺は母親が住職として継いでいて、母一人娘一人。本来は婿をとって寺を継げばいいのだろうが、それを嫌って東京に出、一人でアパート暮しをしている。今勤めている法人会社が閑で退屈で、夜は若い落語家たちのボランティアとして落語会の受付などをしている。そのうえ月水金は新宿の酒場でアルバイトもしているといった。

「なにしろ呑み助なんですよ。うわばみみたいに呑むの。どうせ呑むんだから働いて呑む方がいいだろうってことで」

「そんなでもないけど、呑むのが面白いんです。酒呑み女は駄目ですか」

「昼間から呑むかい」

「いいえ」

「じゃ、かまわない」

二十六だか七だと彼女はいった。声が綺麗だった。

「俺が妙な男だってことは、この人からきいてるかい」

「ええ――」

「よし。字もうまいし、卒論にも因縁を感じる。妙な仕事だが、やってみるかね」

「妙な仕事って、何ですか」

「ひとくちでうまくいえないが、昭和のはじめ、つまり俺が子供だった頃のことならすべて知りたい。大づかみにじゃなくて、病的なくらい細かくね。できればその頃生きていた人のことを全部知りたいくらいだ」

「小説の材料になさるんですか」

「いや。特にそういうわけじゃないよ。商売とは別。俺の年齢になるとねえ、明日のことには開き直って大胆になれるが、むしろ昨日以前のことが気になるんだ。懐古趣味みたいだがね。特に俺の子供の頃は戦時体制だったから、俺ははずれ者だったけれど、それでも生き方が限られてくるだろう。もう一度、あの頃をじっくり生き直してみたい、ということかな」

「卒論を作るようなつもりでやればいいんですか」

「卒論の材料集めかな。といっても、それが仕事という以外にいいようがないんだ。当分は来てくれるだけでいい」

「よくわからないけど、来てみます」

昨年の暮、私は都内に部屋を借りて仕事場と称し、愛着のある自分の持物をすべてそこに移して一人で住みついた。妻は郊外の建売住宅に犬と一人暮し。一人につき一軒という不経済な別居生活で、それについては細かい経緯もあるけれど、ざっといって現在の私の収入をはるかに凌駕する出費となった。そこへまた人を雇おうという。その不健全さは特別に恐れない。五十をすぎたらやりたいことをやって、窮したら首をくくってしまえばいいと思っている。

伊津子は体裁よくいえば秘書ということになろうが、そういうわけで私は秘書を持つ身分ではないし、またそれほどいそがしくもない。ただ珍しい部類に入る持病があって、仕事以外はほとんど寝ついているような状態なので、誰かそばに居ないと電話にも出られない。

欧米の富豪たちは、秘書や雇人のほかに、お友達、と称する人間をおいていて、四六時中一緒に暮し、友情をむさぼるという。まことに贅沢なことだが、私流にいえば伊津子の職種もそれに近いものだったかもしれない。

彼女は仕事場への荷物の移動を、妻が感動するくらいテキパキとやってみせ、それからちょっとの間に、私の気質もよく呑みこんで、最良に近いお友達になってくれた。

朝きっかり十時にやってきて、六時になると帰っていく。昼夜の見境いのない私の生活にそれだけでも区切りがついてくる。もっとも主に夜行性の私は、伊津子の来ている時間がだらだらと寝たり起きたりしているときで、彼女が一人で電話をとり、日記をつけ、さらに金銭出納簿まで税金対策のために詳細につける。

「お早うございます。さァ起きてくださァい――」

といってほとんど夜具をひっぱがしそうにされると、その少し前に寝ついたときでも、一応寝ぼけ眼で私は起きて茶を呑むし、

「お昼ですよォ――」

と起こされると、近所の六百円の昼定食を二人で喰べに行く。

「あたしは起こし役なんですか」

「病気だからね、仕方がないんだ」

「ただ寝るだけの病気ですか」

「そうでもないよ。発作もおきる。なんなら手付けに眼を廻して見せようか」

「眼を廻して寝ちゃうんですか」

「とにかく俺も規則正しい生活に近づいてきたな」

朝の出勤時間は正確だったが、ときどき二日酔いで青い顔をしていることがある。若さと体力で朝の四時五時まで呑むことがあるらしい。金曜日だけはヨガの教室に行くとかで五時に早退する。その日はまた彼女の母親が毎週出てきて娘の部屋に泊っていく日でもあるが、やっぱ

り店で呑んでいて母親が眠ったあとで帰るという。

「あんまり、親と話しこみたくないです」

「どうして」

「どうしてでしょうね。結婚しろっていうからかしら」

「結婚したくないのか」

「ええ。親が持ってくる話はね」

妙なもので、妻君でもない、愛人でもない、いわばただのゆきずりの娘と、一日の半分を一緒に暮していて、特別の違和感はおきない。私は昔から見境いがなくて、満員電車のような混雑の中で暮したいと思っている。もっともお互いに一定の距離は保つ必要があるから、会話も外側の、さほど傷つかないところにカーブを投げ合うだけだ。伊津子にはそういう大人っぽい感覚があるが、彼女の実生活の方は、少し奥手らしく、面白半分に生きているような小娘的なところがあってちぐはぐになっている。それが男女の別はあるけれど、私自身の若い頃を髣髴とさせる。

私のところへ来てからしばらくして、夜のアルバイトをやめるつもりだ、といった。理由は、妻に怒られたからだという。「俺の女房にかねて

「客におごらせたりすることが普通になっちゃいけないっていわれました」

妻の命令で、私の毎日の行状を電話で報告させられているということを、私ははじめて知った。

「それだけじゃありませんけれど——。酒場の仕事も少しあきてきましたし」

「それがいいね。大人の客とばかりつきあってると、若い人に気が向かなくなるよ」

「自分の時間も、もう少し大切にしたいし——」

「なるほど」

「もう、二十七ですから」

「自分の時間というと、具体的にはどういうこと」

伊津子はしばらく黙って考えているようだったが、

「水泳をまたはじめようかと思って」

「水泳か」

「ずっと前からそう思って居たんです。早起きして、神宮のプールも近いし、こちらに来る前にひと泳ぎして、そうしたらすっきりするんじゃないか、なんて——」

私も昔、結局何がしたいのか、と問われて、答につまったことがある。水泳、という答え方の蔭にチラと哀しみが匂った。彼女も、彼女なりの青春期なのだろうけれど、陽ざしが移るように、時の流れを自覚せざるをえない。特に女の子はそういう場合、玉葱の皮を剝くようにしていくと、何が残るか。

その頃、私たちは頻繁に、結婚という主題でカーブを投げ合った。

「結婚に限らないが、早く定まった男をお作りよ。すっきりするよ」

「結婚したいです——」彼女はへへへと笑って、「もう誰でもいい。出物があったら教えてください」

「念のためだが、こんなのは嫌だってのがあるだろう」

「退屈な人は駄目」

「ははァ、年上の毒に当ってるな」

「そうですねえ。妻子持ちの方が面白そうではありますねえ」

店はやめたが、人気者だったらしく、毎日のようにデートの申し込みがあるらしく、六時になると嬉しそうに出かけていく。

「喜んでください。今日のデートは独身者です」

「そうか、がんばってこいよ」

そんなことをいった日もあった。それからまた、

「昨夜へんなことがあったんですよ。知合いの弁護士がね、弁護士試験を今年受ける人たちの集まりに呼んでくれたんです。三十人くらいも独身男が居ましてね。弁護士としては、お見合

いのつもりで呼んでくれたらしいんですけど——」

「それで、反響はあったかね」

「駄目でした。田舎風の退屈そうな人たちばかりで」

「田舎風は嫌か」

「東京がいいですね」

「そうかな。すると既成の人物で誰みたいなのがいい」

「——福田赳夫」

「ずいぶん、ひねったな。それにあの人は東京じゃないよ」

「今、ちょっと思いついただけです」

それから何日かして、彼女が大笑いしながら私の机のそばにきた。

「この前の弁護士の卵の一人から、デートの申し込みがありました」

「よかったね」

「それがあの中で一番、私には駄目な人なんです」

私はまだ笑っている彼女の顔を見た。

「駄目っていうと、どう駄目なの」

「うまくいえません。駄目、って感じなんです」

「退屈なのか」

「それもあるし、とにかくつまらない人なんですよ」

「で、ことわったのかい」

「ええ――」

「それじゃしょうがないね。しかし人間は皆似たり寄ったりだぜ。一緒に暮せば誰だって退屈なものだ」

「あんまりですよ。あの人とデートなんて」

その相手はそれから何度か電話をかけてきた。

「だいぶご執心じゃないか。会うだけ会ってみたら」

といっても首を振って、さらに心を動かした様子はない。

「醜男かね」

「いいえ、むしろ普通のサラリーマン風ですね」

「エキセントリックかい」

「――いいえ。わかりやすいです」

「駄目ということがか。俺は逆に、よさそうな男だと思うがね。君にそれほど嫌われてまだ気がつかないというところもいい。ひょっとすると大物かもしれない」

「いやだァ」

「弁護士としちゃ成功しないだろうけれども、俺なら深惚れするかもしれない相手だな。いやァ、大魚を釣り落したね」

彼女は笑うばかりだ。相変らず平生の電話は中年男か妻子持ちの芸人ばかりで、多分、彼女の態度の中にそれらしいものがあるために、男たちは遊び女として遇するのだろう。折りがあったら苦いことをいってやろうかと思っているうち、

「あたし、結婚はあきらめました」

「ほう――」

「いつまで待っても王子さまは来ないし、一生一人でやっていきます」

「ばかに先の方まで定めちゃったもんだな」

「そう思ってる方が気が楽です。これでも一生懸命ダイエットしたり、お酒をへらしたりしてたんですよ」

「嘘だろう、酒がたらふく呑みたくなっただけだろう」

私の留守中に、若いが妻子持ちのコメディアンが来ていて、後腐れなしに一度だけ五分五《フィフティフィ》分《フティ》でホテルで遊ばないか、といい、伊津子も、私に内緒ならOKだ、といったという。そのとき同席していた私の妻が告げ口をしてきた。

「あの子にも呆れたわ。普通の子じゃないもの。とてもあたしはついていけません」

「普通の子っていうと、どんな子だね」

「とにかく家のお客とホテルに行ってしまうような子は、普通じゃないわ」

「行ったわけじゃあるまい。いいといっただけだろう」

「方々のホテルのことを知っていましたよ。ときどきプレーしに行くんだって。中年男は皆親切にしてくれるから、奥さんも一度いかがですか、だって」

私は苦笑した。

「どう、おどろいたでしょ」

「別に。毎日きちんと来てくれれば、プライベートのことは口を出さない」

「やめてちょうだい、ってあたしいったわよ」

「どうして君がそんなことを――」

「あの子もね、先生にいわれたんでなければやめません、って笑ってるの」

「それはまァ、それが筋だ」

伊津子が以前に、奥さんは冗談をいわない人ですね、といったことがある。妻の直球と伊津子のカーブとがちぐはぐで、それに女同士の微妙な軋轢が影響して、その夜の会話が運んだようにも思われる。大体、自分が普通だと思うことで気が楽になるタイプと、その反対のタイプとがあり、私自身が後者だから、この場合普通でなく見られた伊津子の方にどうしても肩入れしたくなる。普通タイプの強大な自信をちょいとくすぐりたくなるところも私自身の過去をのぞく思いがする。

そのうえ、伊津子だけでなく妻の方も含めて、それぞれの不充足の塊りがうすぼんやりと見える。その不充足は誰にもどうにもなるものではないけれど、できればその部分を邪慳に突つきたくない。

私は禁酒を思いたった。ずっと以前から医者にきびしくいわれていたが、遂に実行した。すると思ったとおり、伊津子も自分も禁酒するといいだした。私たちは競い合うように夜を静粛にして呑まなかった。もっとも私は毎日酒なしではいられないというほどではない。

「いくらか、すっきりしたね」

「ええ、すっきりしました。二日酔いの気分とサヨナラしただけでもいいですね」

「俺はいいことばかりじゃない。今まで、失敗した反動で仕事をしていたところがあったからね」

「あたしは朝の水泳が楽しみになりました」

「そのうち、プールでいい青年と会うよ」

熊本という独身の編集者と外で会っているときに、

「お宅の電話に出てくる女の人、声がかわいいですね。受け応えもしっかりしてるし」

「ちょっと大柄だけど、かわいい子だよ。それで誰かと結婚したがってるんだ」

「僕もそうですよ。もう三十六だから、年貢をそろそろおさめようかと思うんです。いっといてくださいよ、安い出物があるって」

「じゃァ、一度、偵察に遊びにおいでよ」

早速、伊津子にその話をした。

「その人に決めます」

と言下にいって、彼女はへへへと笑った。

「熊本君、熊ちゃんというんだ。気さくで、ユーモアのセンスもあるし、いい男だよ」

「今夜、夢を見ます。あたしって、そういう夢、すぐ見るんです。熊ちゃんか、あたしの王子様、へんな名前だなァ」

しばらくの間、彼女は冗談にかこつけて、あたしの熊ちゃん、どうしたのかしら、といっていた。しかし彼は忘れたように来なかったし、私の方から押しつけがましく誘うわけにもいかない。

伊津子は小一年ほど居て、私のところをやめていった。私自身は妻のいうなりになる気持はなかったけれど、結局二人の折り合いがつかずに、伊津子の方がいや気がさしてしまったようだった。このまま居ても伊津子も妻も精神衛生がよくないだろうと思う。そのかわり、大半が妻のわがままから発した以上、責任を持って伊津子の移籍先を探してやろうと思う。私は知人たちのところを打診して廻ったが、ちょうど業務拡張のために人を増やそうというところがあった。ひとくちにいえば芸能プロダクションだけれども、中では筋目のとおったところだった。

私のところをやめるといった日も、その話を短く片づけると、彼女は特別な屈託もみせずに、他の話ばかりした。

「この間、自転車が当ったんですよ」

「当ったというと、福引でかい」

「みたいなものです。ラジオの番組に出て。現品はまだなんですけど、普通のより高いんですって。レーサー用じゃないですか」

「レーサーは素人にはなかなか乗れないよ。形はそうでも、ブレーキや何かのついたレーサースタイルのやつじゃないのか」

「先生も乗りたいでしょ」

「俺は駄目だ。すぐ眠っちゃうから」

彼女は競輪のテレビ中継を見ている私を知っているので、ことさらにそういったのかもしれない。

その月の下旬に、伊津子にその月の給料とわずかながら退職金じみたものと合わせた袋を渡すために、近くのスーパーの二階の喫茶店で会った。

彼女は半パンツとスポーツシャツで、ヘルメットまで片手に持って現われた。

「自転車で来たんですよ。先生に見せたくて」

彼女は立って、モデルのようにポーズをとって見せた。

「ああ、君は足が長いから恰好いいよ」

「恰好だけつくって一人で楽しんでるんです」

「毎日部屋にこもっていてもくさくさするからねえ。君はいろんなスポーツで発散してるからいいけど」

「あ、そうそう、Cプロの件、ご紹介いただいてありがとうございました。あのゥ、せっかくだけど、今回は見送らせていただきました」

「そうか」

「仕事も魅力的だったし、事務所の方もいい方だったんですけれど、小人数だけに、忙しそうだし、自分の時間をとられそうで」

「なるほど」

「残業手当もないし、保険やなにかも整備されてないんです。——それに、しばらく、自分のことも考えたいし」

私は眼を和めて、できるだけ優しくいった。

「自分のことというと、何を考えるの」

「何だかわからないけど、自分のコースからずれるような気もするし」

「喰う方は大丈夫かね」

「考えるといっても、せいぜい一二ケ月くらいなんですけど。——古文書の方をまたやってみようかな、と思ったり」

「気持はわかるよ。それに、気の進まないところに勤めることもない。他のところを当ってみようかね。しかし君、苦労を厭ってると何も生まれないよ。結婚もそうだし、職場だって、皆で力を合わせて造っていくものだからね。優しくあつかってだけは貰えない」

彼女は黙っていた。それから、かつての私がそうだったように、意外にしぶとい表情で窓外を見て、

「この陽の光り、おだやかな空気、いいですねえ」

といった。彼女は階下におりると、私のボロ自転車の隣りにある銀色のレーサー風に身体を預け、

「神宮外苑で毎朝、練習してるんです。自転車レーサーになろうかな」
と、いって笑った。そうして、危ないから気をつけて行けよ、という私の声を背に、はちきれんばかりの肉体を誇示するように駈け去っていった。

秋

仕事部屋が二階なので、ベッドのそばの窓から空が大きく見える。私の病気は、持続睡眠がむずかしいために、疲労感が烈しく、集中力が結集しない。他人には寝ついている病人のように見えないが、実際はベッドに横たわっている時間が異様に長い。しかし眠りは切れ切れなので、普通は気息奄奄として丸太ン棒のように転がっている。なにか行動をおこすときは薬の力に頼ることになる。

三十代半ばからそういう状態になって、今はもうすっかり慣れてしまった。この病気の原因がわからない以上、これを私の健康と思う他はないから、できるだけ面白半分に病気とも交際っている。

昨年まで暮していた家の寝室はうす暗くて、通常人にはマイルドな感じということになろうが、私にはくさくさしていやだった。今の仕事場は明るくていい。一メートル四方くらいの窓だが、ベッドからの角度では、その⅔を空が占めている。そばの机からも別の方角の空が大きく見える。

はじめ私は小動物に関心を持とうとした。明治神宮や新宿御苑が比較的近いせいで、大小の鳥が多い。しかし動物というものは気をいれると人間と同じようにわずらわしいし、見ていて辛いところがある。いつのまにか、雲を眺めている癖がついた。どうかすると夜半でも、長いこと一心に雲の動きを見つめていることがある。

若い頃、私は山だの海だの空だのという、私よりも大きく思えるものが皆嫌いだった。なんだか私の平衡感覚にそぐわない異状なものに見える。低気圧のときの異様な千切れ雲の列などは私の悪夢の好材料で、上を向けずに汗ばんで道を歩いていたことがある。今はそうしたものと自分を比較する気持を失って、いくらかの刺激を楽しみながら、ただ眺めているだけだ。それが病気の証拠ともいえよう。

雲というものは不思議なもので、ちょいと見は空に張りついているように見えるが、何か他のものに眼を移して、それから窓の方に視線を返すと、空の様子ががらり一変していたりする。特に夜明け近い頃は刻々に様子が変り、それぞれの色や形を競っていて、怪奇な味わいがある。そうして朝がくる頃には一片の雲もなく晴れわたっていたりする。

獅子の形をした雲がある。駱駝の形のもある。尾をはねあげた鰹が居る。煙突掃除のブラシに眼玉がついたようなのがビルの蔭から這い出してきたりする。そう思えば思えるというだけだが、そう思ってしまった以上決定的にそうで、それ以外のものに思えない。雲の端の方は煙のようにもやついているから、ほんの一瞬で形が崩れてしまうことがある。そのままの形を保って駈け去っていくこともある。

今年死んだチワワが、兄弟組み合わさって来たのには驚ろいた。兄貴が上でふんばり、弟の方がその股下でしゃがんで居る。もっとも彼等はこちらを見返りもせず、無表情で慌ただしくどこかに流れ去っていった。そういうものが知らない間にも頭上を流れていくことを思うと不思議な気がしないでもない。そうして眺めている当方の日々の過ぎゆきも、めっきりと速くなってきて、ぼんやりしているけれども眼まぐるしい趣がある。

そうやって雲を眺めていると、不意に、呻き声をあげたくなるようなことが胸の中をよぎったりする。私は自分勝手に、ふしだらに生きてきたから、そういう場面にこと欠かない。けれども、それにも濃淡があり、何度でも反復して思い出し、そのたび呻くことになるのは、他人に何かをしてあげようという発心に根ざした行為であることが多い。

私が世間的にいくらか恰好がつきはじめた頃、自分にできるのはこんなたわいのないことぐらいのものだ、という屈託に襲われながら、両親たちを相撲見物に誘いだしたことがある。父親が毎場所テレビ観戦を楽しんでいたようだったから。

で、そのあと、混雑の中をうろうろするよりはと思って、下町でいくらか名のある寿司屋に連れていった。ツケ台に並んで熱い酒をとり、魚を切って貰ったが、父親は猪口一杯でまっ赤になる方だし、しゃべることもあまり無いし、それで酒は早々に切りあげて、てんでに好みの物を握って貰うようにした。

父親が黙っているので、好みそうなものを指さして、あれを喰うかね、というと、うん、という。あれもどうだい、というとまた、うん、という。

しかし彼は結局その二種類を箸でつまんで喰っただけだった。もっとも相撲場でなにやかやを口にしており、いずれも空腹をおぼえていたわけではなかった。

あとで、彼は母親に向かってこういったという。

「贅沢なものだなァ――。ああいう寿司の喰い方は、はじめてだった」

それをきいて愕然とした。父親は明治生れで、バナナが一番うまいと思っているような男で、そのうえいろいろな事情が重なって、遊蕩をしない人物だったが、まさか、ツケ台に坐って寿司を喰ったことがないとは思わなかった。そのまさかが、身のほど知らずのあさはかな考えで、何がどうという前に、惑乱してただ走り狂いたい思いに駆られる。私のような男が、人に尽くそうとなまじいの考えをおこすと、必ず自分をいたくひんむかれるような目に遇うので、あらかじめ、身のほどというものをよく確かめ、万全の覚悟でかかる必要があるが、それがなかなかむずかしい。

性こりもなく、というべきか、似たようなことをまたやった。あれは、父親の還暦のときだったか、次の喜寿のときだったか、弟と共同で何か贈り物をしようということになった。そのときもわるい予感がないではなかったけれど、話の勢いで途中で引き返せない。私たち兄弟の知るかぎりでは、両親が二人で旅をする折りがなく、また家に結婚の写真らしいものもなかったので、両親を温泉旅行にやろう、ということになった。

ちょうど紅葉の時期で、どこも混んで居そうだったが、箱根にちょっと知っている旅館があり、私がむりに頼みこんで二泊の予約をとった。

父親はそのときも無言だった。けれども、いやだといったわけでもない。

母親の後からの述懐によると、出発の朝は意外に張り切って、早くから彼女を起こし、乗物におくれるといってせきたてたという。箱根のガイドブックを買ってきて、五十年も前に周遊した頃とどうちがうかを研究もしたらしい。

多分、父親は喜んでいたのであろう。けれどもそうなると、そのこと自体が私の身体のどこかをいたく刺激する。どうせならいっそ命を投げ出す覚悟で、王侯貴族の真似事でもあればともかく、中途半端な箱根二泊とは、私ばかりでなく両親までみすぼらしく見えて仕方がない。そういうところが即ち遊び人の身のほど知らずということか。

それでロマンスカーで箱根に行って、満山紅葉をチラリ一瞥し、旅館で風呂に入った。父親はガイドブックで蓄えた知識を披瀝して、箱根の来歴を説明し、明日は早く起きてどことどこを見せてやる、と珍しく雄弁だったという。

そうしてね、といって母親は涙が出るほど笑いこけた。

夜のお食事が膳に並びはじめる頃にね、その前からなんだか少し変だったんだけど、急にお腹がさしこんできてね、脂汗は出るし、もうたまらない痛さなのよ。お膳にはご馳走が並んでいるんだけれど、とても手をつけるどころじゃないの。

おとうさんは一人で、ぼそぼそ喰べていたようだけどね、女中さんが居る間、あたしはとりあえず横になって、呑み薬なんか貰ってね、そのときは一時的なものだと思ってたんだけど。

それがもう身体が慄えだしてきてね、息苦しくはなるし、どうにもこうにもならないんだよ、おとうさん、なんとかしてください、ってね、旅館の方も大騒ぎしてお医者を呼んでくれたり、夜明けがたにちょっととろとろと眠ってね、痛みの方はおさまったんだけど。

とにかく、帰ろう——。

って、おとうさんが、明るくなるとすぐにいいだして、電車でねえ。それで家に着いた頃には、ケロリとおさまってしまったの。

なんだったんだろうねえ、あれは。

母親は思いだすだにおかしいという感じで、なかなか笑いやまなかった。そうして笑いやんでから、とってつけたようにこういった。

わるくてねえ、おとうさんに、せっかく、あんなに張り切っていたのに。

母親は、父親より二十近く年下で、このときまだ街で葉茶屋をやっており、隠居の長かった父親にくらべて、年齢差以上に若造りをしていた。それで、腹痛そのものに何の意味もないにはちがいないが、そのことを笑いまくることにさまざまな意味が混じっていたと思う。

どうも女というものは凄い。母親の一生は、他の女と同じように、それなりの幸不幸がないまぜになっていただろうが、老いて、はじめての夫婦だけの旅に行って、急病になってしまう、それが端的に、自分の生のかたちを示しているようなところがある。

そういうものを本能的に示してしまうところが、生々しく迫力があって、おそらく父親もひそかにひるんだのではあるまいか。

冬

大阪の釜ヶ崎に、瘋狂というに近い老婆あり、老婆だけれども主として身体を売って生きている。もっとも通常の市民は相手にしないだろうから、いわばお仲間の折り折りの慰さみ者になっているのであろう。自分が定めた何百円だかの値段以外はいっさい受けとらないという。けれどもそれだけでは律しかねる不思議な人気者で、伝説としては、過ぐる年の釜ヶ崎の交番焼き打ちの張本人は彼女であり、しかし住民の誰一人として彼女のことを表向きにする者は居なかったという。

その頃、釜ヶ崎に天皇さんという仇名の、天皇にそっくりの老人が居たのだそうで、しかし彼はいつか所在が知れなくなった。彼女がいうには、あれは天皇の影武者として連れ去られたのだ、だから天皇を襲っても駄目だよ、本人じゃなくて〝天皇さん〟なんだから——、と力説するのであるが、その話は誰かが口にするとき、影武者を探しにどうしてうす汚れた釜ヶ崎までくるのか、という笑い話になる。しかし私はあまり笑えない。老婆の、とにかく強い生き方のようなものが心に留っていて、大阪に行ったら一度訪ね探してみようかな、と思うことがある。

けれども、昔の遊び人の頃の私ならともかく、半病人で売文などしているような私では、先方が心を開いてくれないだろう。

佐江子は、手足が異様に小さく、贅肉というものがほとんどついていないようなソップ型の娘だった。もっとも、街が戦災からやっと立ち直りかけた頃で、食糧難を通過してきたから、誰も丸々している者は居ない。

しかし喰わずに痩せたのと少し趣がちがう。現今だったらその痩せぶりは、一種の洗練を感じさせたかもしれない。女ぶりはいい方だったが、身体とマッチして、神経の細さばかりが眼についた。

いつ頃、どんなはずみで知り合ったかわからない。私自体が住所不定であちこちをうろついていた頃で、誰もそういう起承転結に拘泥しない。夜明しでやっているバラック建ての飯屋があり、夜半から朝にかけて、手の空いた者がそこで呑んだり休んだりしていた。そうした男女の中に佐江子も居たのだ。

といっても彼女はなんだか、まぎれこんできたという感じだった。童話作家だった母親と二人暮しで、ちゃんとした学校を出ているという。今思い出したが彼女の妹が、アメリカさんと一緒になって海に渡っており、妹と誰かが知っていて、それで我々の輪の中に混じってきたのだったと思う。けれども彼女は誰ともちぐはぐで、彼女が笑うときは誰も笑わない、皆が笑うときは彼女がツンとしている、という按配だった。酒は強くてぐいぐい呑んだが、それで彼女なりに強気で女たちをとりしきろうとした様子だったが、それも空廻りしていた。

男たちも、佐江子には腫れ物に触るようにしていた。見ただけでわかるが、神経質、暗い、ヒステリカルでわがまま、それでは他にどんないい所があっても、遊び人にとってお荷物になるだけだ。

ある夜更けに、奥の小座敷に一人で坐っていた私のそばに来て、佐江子は焼酎を呑みながら無言でひとしきり泣いていった。

あの子は私に気がある、と店の者がいいだした。冗談じゃない、眼の前に居た私にそんな気配は何も伝わらなかった。彼女はもっと別のことを懊悩してたんだ、と思う。いずれにせよ、私は手を出す気はなかった。私だって、このタイプはこちらを束縛してくると知っていた。

あるとき、佐江子が皆の前で、別の仲間の一人を好きだ、と広言した。

「でも、八ちゃんには嫌われてるから、いいわ。あたし、迷惑がられてまで追っかけないから」

八ちゃんがあとで私に、

「お前じゃなくて、俺だってのは驚いたな。ババ抜きで婆が来たような気分だぜ」

「なんであんなことをいったのかな」

「まァ、追ってこないというんだからいい。婆カードはまたすぐ出ていくさ」

それから彼はこういった。

「狂女つきだもの、母親がね。男がつくかい」

「童話書いてるんじゃないのか」

「よく知らねえ。だから妹はていよくアメリカに逃げちゃったのさ。姉は逃げおくれて、それでフーテンしてるんだろ」

私は俄然興味を持った。同時に、万一にでも婆カードが来て逃げるときのことも考えた。まったく異質の気持が入り混じるということもあるもので、自分は逃げ出すが、他の男に逃げられるときの彼女が哀れに思えた。

怖いもの見たさに似た思いで、あるときズバリと訊いた。

「お前のお袋、病気だってな」

佐江子は大きな眼で私を見た。

「だからどうしたってのさ」

「病院に入れたらどうだ」

「死んじゃうよ。そんなことしたら」

「死んだっていいじゃねえか。お袋も死にたいんじゃないのか」

「あたしは嫌」

と彼女ははっきりいった。

私が間接的に聞き知ったところでは、母親の病気は眠り薬の中毒から発したらしく、暴力的なものではなくて、むしろ娘にはよく服従するらしい。けれども発作的にふらふらとどこかへ行ってしまって、結局警察などに保護されて帰ってくる。彼女は焼け残った区域の古い一軒家に住んでいるが、喰べ物だけおいて、厳重に鍵をかけて、我々のところに出かけてくる。ところが母親は、二階の窓から屋根に出て、電柱をすべりおりて出奔してしまうらしい。それで、近頃は、母親を紐でぐるぐる巻きに縛って、転がしておいてから出かけてくるという。

女たちにはときどきこぼすことがあるらしく、教えてくれた女は、私を妙な眼で見た。

「あんた、やっぱり佐江子に気があるの」

「俺は女なんか要らねえ。だがね、あいつが誰かに振られるところを見たくないな」

「佐江子は振られたりなんかしないよ。あの子は男に言い寄ったりしないもの」

「この前、八ちゃんに言ったぜ」

「あんなの空砲よ。処女だって自分でもいってるし、あたしもそうだと思うよ。あの子は誰かの下手に立ったりするもんか。肩を張ってたい子だもの。あんなことといって、別の誰かの表情を見てるんだよ」

「別の誰かって、誰だい」

「さァね、あんたかもしれないね」

私はその点ではどこかで安心していた。というのは彼女は私よりだいぶ年上だったし、私は女の子には素気ないタイプだったから。

それからしばらくして、東京がまずくなりちょっと関西に行っていたことがある。その関西でもなおさらどうにもならず、毎日のしのぎにあっぷあっぷしていたが、ある夜、外に居ても寒いだけなので、暖をとるだけの気で、心斎橋の裏道のスマートボール屋に飛びこんで球をごろごろ転がしていた。店は閑散としていたが、私の背後の方で、女が一人、遊んでいる。

この時間に一人でスマートボールなんかしてる女は、よほど孤独なんだろうな、と思ってそれとなく眺めて、思わずそばに寄った。

「——どうしたい、佐江子」

彼女は私の顔を見て、迷子が親をみつけたときのような表情で、うつむいた。

「どうしたんだよ」

彼女はひしゃげた顔のまま、球をゆっくり転がしていた。

「お袋は——」

「殺して来たよ」

「──嘘だろう」

「殺してきたわよ。誰にしゃべったっていいよ」

施設か、病院に、死ぬ思いで入れてきたということかな、とそのときは受けとった。

「それで、大阪か」

返事がない。

私はわざと蓮っ葉にいった。

「男を追ってか」

「そうよ──」

「まァ、よかったな」と私はいった。「とにかく、そういう男ができてな」

「さよなら──」

といって佐江子は細身の身体を翻すようにして寒い表に出て行った。

その、さよなら、と切るようにいって鮮やかに消えていった印象が強烈で、私はまったくどうしてよいかわからずに、スマートボール屋でただぼんやりしていた。

虫喰仙次

はじめは昼間のつきあいだった。私は、雑誌編集者を数年やってクビになったばかりだったし、彼は小雑誌といえども現役の編集長。顔ぐらいは知っていたが、本業の方ではそれまでほとんど関係がない。顔を合わせるのは競輪場だ。ちょっと目礼しあって、ツイてるかい、とか、調子はどう、とか、まア路傍の人だった。ところがあんまり会い続けるうちに、夏は炎天三十度、冬は酷寒氷点下、野外のコンクリートの上に立ちつくして居ると、身体は鍛えられるかもしれないが、此奴、社業はどうしているんだろう、なんて思ったり。遠眼に眺めていると、買いは地味で、百円券単位だ。しかし毎レース、手を出している。普通はそれじゃアじり貧で、身が持たない。大口勝負より地味な買いでバランスをとる方がむずかしい。銭のひきだし所があって負けても続くというなら買いがもう少し派手になるはずだ。すると、それで毎日、何年も続くのは、この遊びに関して相当な実力を有していることになる。彼も、此方をそう見たかもしれない。それでお互い、戦友のような、ライバルのような口のきき方をするようになった。昼間のつきあいってのはそういう意味だ。

私が二十五か六。彼が二つ上。

三十年も前のことだが、小柄の奴さんが、白いYシャツにぼろネクタイをきっちり締めて、背広を腕をとおさずに肩に羽織ってスタンドの一隅に立っている姿が今も眼に浮かぶ。それで中折れをあみだにでもかぶってたら、ジョージ・ラフトか。だが、ニヤけては居ない。興ざめなくらいいつも硬い顔つきだ。彼は信州人だから、信州は教育県らしいけれど、東京に出てきている信州人は、ばくち好きが多いような気がする。そのくせ、遊び場でも、やっぱり信州人で、理屈っぽい。

山も海も、雲も風も、怖い、大きいものは皆嫌いだ、と私はその頃よくそういっていた。冗談にしていたが、かなり強度の高所恐怖症だったし、同時に低所恐怖症でもあった。

奴さんは十二指腸潰瘍。いつも右手の指先をバンドに突っこむようにして横腹を押さえていた。だが潰瘍じゃ満足しない。癌だという。何年も何年も、癌だといい張った。

新宿コマ劇場の裏道で、深夜だったが、そそり立つような窓のない壁面を見上げてしまって、そろそろとしか歩けなくなった私を、彼が不思議そうに見ていた。その頃私たちは昼間だけでなく、夜もつるんでいた。

「俺は北アルプスの麓で生まれたから、この世は凸凹しているものだと思ってるよ。むしろ、平らな方があっけらかんとして気味がわるい」

「俺は駄目だ。関東平野で育ったからかなァ。地面というものは平らなもので、人は皆その上に立ってると思いこんでいるところがある」

「小学校にあがった頃から新聞配達をしていたからね。冬なんか、朝刊も夕刊もまっ暗な道だ。白い山々がいつも空の高みにそそり立っているよ」

「怖いな」

「山は怖くない。ただ、熊がね。熊の出る季節は号外みたいな鈴を腰にさげて、鈴の音で脅しながら走るんだ」

十五年ほど前だったか、信州に旅したとき、ふと思いついて北アルプスの裾の方まで足を伸ばして、彼の生地のあたりを眺めたことがある。そのことは彼には話していない。荒涼としたところだった。しかし後年、人にきいたところでは、生地に居たのは彼の三歳のときまでだという。その年父を亡くし、信州のあちこちにある縁者のところを転々と預けられて育ったらしい。新聞配達をしたのもそのどこかなのだろう。

なんとかという最山奥の村で学校にもかよわずに居た頃とか、十五六も年齢のちがう長兄が親代りになっていた頃とか、ぽつりぽつり話は奴の口からきいたが、私たちはむろん、順序立ててそんなことを話さない。

諏訪湖のそばで、友人の父親が経営する小企業で働いていたときに、そこに居られない事情が生じて東京に出奔してきた。何だったたろうか。事故の責任だったか、勤務先の事情によるものだったか、当時何度もきいたが、忘れた。不運を土台にした、わりにいい恰好の話だったように思うが、なにしろ喫茶店の無駄話のひとつで、たいして気にもとめてない。

ところが今になって彼のことを考えるときに、ここのところ、覚えておけばよかったな、と思うことがある。

それで単身東京に出てきて、いっとき、魚河岸で、運転手をやっていたらしい。そういう職種が一番もぐりこみやすかったのであろう。トラックの免許証を持っていたところを見ると、諏訪でも、営業マン的仕事を兼ねたりしながら、運転の方もやっていたか。

けれども、彼は二度と運転をしようとはしなかった。後年、車で通勤するようになっても、社の車に運転手つきだ。

東京で、まもなく、新興の小出版社の編集者になる。長兄が政党に関与しており、その紹介で入社したのだそうだ。

昭和二十年代は、出版社は(特に娯楽出版の系列は)典型的な水商売で、興亡が烈しく、学歴や職歴を問わずに半ば人足風に若者を雇いいれるところが珍しくなかったけれど、それでも彼の経歴はいっぷう変っていたと思う。私だって不良少年出身で、人のことはいえないが、学歴のないある種の若者にとって、この仕事はめったに手にしえない文化的な職種に見えた。だから賃金は安く叩かれるし、将来の保障がなくても、文句をいわずに働く。そういう若者が多いから経営者も社員を消耗品としか見ていない。

だが、競輪に関しては、奴さんは単なる群衆の一人ではなかった。レースの合間に、本職の予想屋やコーチ屋がばらばらと彼のそばに駈け寄って意見を聞きに来る。そいつ等が指定席や弁当を彼のために用意していてくれる。何者か、と他眼は思ったろう。ところが彼は小銭入れの百円玉を惜しそうにして使うだけで、めったに千円札など使わない。それでいて本命だろうと穴だろうと実によく当てた。

ギャンブル経験はどのくらいあるのか、と訊いたことがある。草競馬はわりに前からやってたが、競輪は東京に出てきてからだ、と彼はいった。

どうしてそうなのかわからないが、彼は眺めることに長けた男で、一面の認識に溺れて他の面をおろそかにするということがない。そうして腰の構えが低い。また、認識の一片一片が、おおむね正当な基本に沿っていて、こりこりと堅く締まったフォームになっている。

遊び場に長く居ると、稀に、こういう男にぶつかるのである。私も修羅場をくぐってきて、さばきの幅は相当にあるつもりなのだが、彼と一緒に居ると、どうも自分が腰高で、足もとがぐらついているような気がしてしようがない。

この当時、彼をつかまえて、さかんに基本的な質問をした。つまり、ぶつかり稽古だ。こういう場所で足もとがぐらつかないように、何度でも同じ質問をしてたしかめる。それができる相手はめったに居ないのである。

「勝てそうな相手と走った場合、勝とうとするだろうな。しかし、何度もそういう組合わせが続いた場合、どうする。どこまでも勝ち続けるかね」

「新人の場合は、もちろん、自分の力の限界を知るためにも勝ちをとりにいくだろうな」

「旧人の場合さ。おおむねの自分の力量はわかっている。しかし体調その他の関係で波に乗ってる。そんな場合だ」

彼は少し考えて、慎重な表情で、

「——やっぱり、勝とうとするのじゃないのか」

「勝つだけがプラスとは限らんぜ。第一に、勝てば強敵と組合わされていく。力量をはるかに超したところにあがれば、今度は終始惨敗だ。フォームも崩れるだろう。腐りもするだろう。選手はそれを知ってる。それでも盲目勝ちをしていって、通算してプラスになるかね」

「——それでも、まず、勝てるところで勝とうとするのじゃないか。勝ってから、他の点を考えようとするだろう」

「競輪は賞金以外に、車券をからませた利害だって、法を無視すればできる。いろんな手があるぜ。穏健な方でいえば、適当に勝ち負けを調整して、力量に応じた一定の格のところで走る。それを有利とする考え方もある。或いはまた、絶好調の膳立てが整ったときこそ、負けて、裏でこっそり車券で稼ぐのが効果的という考え方もある」

「自分が走る立場ならどうする」

「俺なら——、無計画に全力は出さない」

「それはそうだな」

「そのときの条件をじっくり考えて、正義にしろ、不正にしろ、自分が結局有利になる方をえらぶ」

「八百長は、他から強制されてやるケースは、むしろ例外だと俺は思う。そんなのは阿呆でね。多くは自発的に計算してやるものだろう。だったら、勝てるときは勝つ。勝てるときは賞金目標だ。勝てないときは、細工。しかし負けて当然のところでは細工したって意味ないから、他の眼には勝てそうに見えるが、実は勝てるかどうかわからない、というときが、細工につながる可能性がある」

「そのためにも勝てるときに勝って、実績を造り、その気なら細工できる機会も増やす、か」

「そうだろう。それが自然だ。俺は結局、その自然なものに賭けるよ。不自然なものには賭けない」

「俺はすれっからしを見すぎていて、いつもそこでぐらつくんだ。じゃあ、勝てるところで勝とうとするのが、自然なのか」

「他人を眺める場合、それが基本だな」

「そうか、勝てるところでは、勝とうとするのか」

「思いこみはしない。その自然がどれほど他の因子に冒されているかということは検討するがね。不自然な条件が大幅に上廻れば、そっちの方が自然になる」

「阿呆が居るぜ。選手が、君のように考えなかったらどうだ」

「阿呆はいるさ。だがプロだからね。どの道だってプロはプロの考え方をする。大概は、自分にとっての最善手を打とうとするだろう。成功するかどうかはともかくだ。俺たちは客で、百発百中なんて狙ってない。一定の打率を確保できればいい。それが俺たちのフォームだろう」

ある日、穴場のそばで彼に何か話しかけようとすると、叱ッ、と制してくる。彼は注意深い足どりで徐々に移動し、赤鉛筆で数字をメモしている。あきらかに、穴場で車券を買い漁っている一人の男に適当な距離を保ちながら、男の動きに沿って移動している。

「誰だね、あいつ――」

「知るもんか。だが、見ろ。額に脂汗を浮かべているだろ。奴は以前、派手な買いをしていたんだ。あの様子じゃもう懐ろが苦しい。無理な金を使ってるかもしれない」

彼のメモはその男が買った車券の出目だった。さっそく私もその数字をうつして、同じものを買わないようにした。落ち目の男と同じ物を買って一緒の運命になるのは避けたい。毎レース、その男を尾行して廻る。彼はレースが終るとすぐに当り車券の払戻し場のそばに立って、顔だけ見知っているレギュラーの客がどういう当り方をしているか、注意深く眺めていた。その日ツイている者の考えに沿い、ツイていない者の考えを避ける。私たちはそれをマーク作戦と呼んで二人で提携し、かなりの効果をあげた。むろん全面的に提携したわけではなくて、私は私で独自の動きになった部分もあるし、彼だってそうだったと思う。

別の日、車券を買って何気なくふりむくと、十メートルほど離れた柱のかげに、禿鷹のように彼が居て、うす笑いを含んだ視線が私の方に来ていた。その日の私の様子で、私が死体《しにたい》と見られていたわけだ。


虫喰仙次、変な名前だが、たしかに彼は変っていた。週日《ウイークデイ》は連日、競輪場に来るけれど、日曜日は来ない。会社に出てくるから競輪に行くので、休みの日はそんなことはしない、という。

なるほど、と私はいったが。

彼は酒を呑まない。競輪の帰りは巷の喫茶店などで、コーヒー一杯で深夜までしゃべりこむ。実に話好きな男で、競輪談義にとどまらず、四方八方に話が延びていく。もっとも私たちが話題にしていたのは、総じて、自他の〝しのぎ〟〝身の処し方〟であって、まア、日々の問題に関してそれぞれ何着をとっているかという、競輪談義と似たようなものだった。それで、〝如何に生くべきか〟〝如何に生きたいか〟という点に関しては、お互いに避けて触れ合わない。そこに直接触れる気構えになることもあるが、まず彼が触れない。

終電車近くになると、すっと立ち上って、トボトボ、という感じで帰っていく。彼は酒場勤

め の女と同棲していて、部屋で一人で膝を抱えていることに耐えられず、彼女の帰宅時間まで私たちと話しこんで閑《ひま》つぶしをしていたらしい。

それで、彼は毎日、昼近くに出社してくる。来るとすぐに近くの喫茶店に陣どり、社員や若いライターを相手に無駄話だ。午後は彼等を引具して競輪場。職務は編集者だが、原稿取りにも廻らないし、デクスワークもいっさいしない。それでいて部下は掌握していたし、一種の実力者と目されていて、編集長の位置は維持している。

あの社だから、まア通用したのだろう。

そこの創業経営者の玉腰という男は、地方小都市の印刷屋を捨てて、戦後まもなく上京し、同じような三流娯楽誌を次々と出しはじめ、一時期は十種類以上も出していた。玉腰の発想によれば、どうせどの雑誌も大差ないのだから、客は偶然手にふれたものを買っていく、それなら囲碁と同じで小売店頭を自社製品でできるだけ広く占めた方がいい、というので、似たり寄ったりの安っぽい娯楽雑誌をたくさん作って並べたのだ。彼はまた銀行その他の金融資本を信用せず、現金主義で、ひたすら安く買い叩く。その商法が図に当って、業界からは邪道視されながらも徐々にしのぎ勝ち、その頃は百人近くに社員が増えていた。

玉腰にいわせれば、これは自分の才量で保っている会社なので、社員などは何人居ようと木偶《でく》の坊の事務員にすぎない。利益は堂々と一人で取り込む。それどころか、払っている給料が冗費に思える。

中小企業の経営者の大半は、自分の能力で発展するのでなければけっして喜ばない。社員の能力で発展するくらいなら、発展しない方がいいようなものだ。玉腰は社員が愚民であることに立腹するが、同時に更に愚民政策を徹底する。社員も積極的に働く奴は居ない。給料を安全に確保できればよしとする雰囲気がみなぎる。そうでない若者は見切りをつけて他社に移っていく。

お前等が勝手な真似をしようとしたら、すぐに社を解散する、と玉腰はいい続けた。脅しじゃないぞ、俺はもういつやめたっていい、出版なんぞに未練があるものか――。先取点をとれた社員たちは声がない。

社業が軌道に乗ってからの玉腰は、毎年大勢の大卒を入社させ、その勢いで古手をどんどん整理した。社員は消耗品だから、古参になって給料がいくらかでも増えるというのが許せない。ブロイラーのように廻転を烈しくしたい。その眼で見るとどんなことだって馘首の理由になる。

給料が安いから、執筆者と癒着したり、社内原稿で稼ぐ者が出てくる。甚だしい場合、社内の雑誌のあちこちに連載小説など書きまくる豪の者も出てくるが、玉腰はいずれも見て見ぬ振りをしている。安い社内原稿料でページが埋まるし、その分給料の突きあげが来ない。だが、要所ではそれもちゃんと馘首の理由になる。

古参の中には、温和だったり実直だったり、業績のいい社員だったりするために（実際は社員に配分されてこないが）、なんとか無難にすごして骨をここで埋めようと考える者も居るけれど、そういう者に対して玉腰は、そんな馬鹿なことを考えるな、とでもいうように躍起となって辛く当った。

Aという古参社員は新劇の研究生出身で、女好きで毒のない男だったが、音吐朗々として美しい調子で祝辞など述べる。新年や創立記念日に社員を代表し、社長の徳を称える彼の祝辞がつきものだった。Aは自分の美声に酔って落涙し、玉腰も感動して泣く。そのことだけでもすくなくとも社長の信を得ていると思い、Aは気軽に玉腰の私邸に出入りしていた。ある年、彼は編集局長から総務部長に格下げされ、秘書室長に落ち、進行部長に落ちた。肩書がなんであろうとその社ではこういう気配は格下げであり、出て行けということだ。その頃、Aの細君が急死し、その通夜の席で、玉腰がいった。

「君を手放そうと思ったが、香典代りにもう少しおくことにしたよ。奥さんはいいときに亡くなったな」

そうして出版の方は退社し、関連事業の一つの♨ホテルの支配人になった。Aの方もつりこまれて玉腰の許でなければ生きていけないような錯覚におちいっており、しばらくの間、蝶ネクタイを締めて玄関に立ち、アベックを部屋に案内したりしていた。

虫喰仙次は、前記のどの社員ともタイプがちがう。前記のどの社員とも同じように、ある程度の逸脱を大眼に見られていたが、彼の場合には社の特徴の凹凸に沿って、へこみの部分ではへこみ、出っぱりの部分では出っぱり、出っぱりの部分ではへこみ、次第に、よかれあしかれぴったりと張りつこうとしているようだった。つまり競輪でいえば、強い選手のあとについていい着順を得ようとするだけでなく、ゴール前で交して一着になろうとしているように見える。編集に精励しなくても、競輪に日参しても、とにかく雑誌ができれば、玉腰の意に特に反しない。虫喰も安給料だったろうが、女も働いていたし、競輪からの収益もあったせいで、内職や金銭的癒着で社の内外に弱みを造らない。それがやはりある種のパワーになってくる。競輪場の中でと同じように独特な地歩を占めはじめていて、社員たちばかりでなく社外の若いライターたちまで私的相談相手として頼っていた。

この点については不思議なほど熱心で、一人一人の人生設計から女の問題や仲間の軋轢にいたるまで、彼はどの場合にも旺盛な関心を示し、飽かずに懇談を重ねる。結局、彼がその社で示した唯一の働きは（会社の利益とはほとんど無関係だったが）そのことだったろう。昼前後の喫茶店ではそれらの相談にいとまがなく、雨天などで競輪がないときは夜までしゃべりこむ。奴さん流の指針を与えるだけでなく、進んで転社の斡旋をしたり、裏側で人事の異動に暗躍したりした。それればかりでなく、社の内外の諜事にもたいがい首を突込んでいたが、しかし、多分、返す刀で、玉腰が発する相談にも乗っていただろう。

ある日、競輪場の帰りに、そう遠くない所に住む画家の家に寄った。その画家は奇妙な猥画ばかり描きたがる人で、虫喰は、ブラジルに移住してそれをやれば当る、と力説説得しようとしていた（後年彼は本当にブラジルに行ったが）。画家のところで夜まで話しこんで、それから近くに住む他社の編集者の家を訪ねたが、留守。すると彼はその私鉄沿線の誰彼のことを口にし、訪ねてみよう、という。私も面白がってあくまでついていったが、どこも申し合わせたように留守で、虫喰も意地になったように帰らず、とうとう埼玉県の方まで行った。そうして深夜の二時頃、知人の一軒に皆が集まって麻雀をしているのをたしかめた。そのメンバーにわりこんで朝まで居、それから駅前で朝飯を喰い、彼は社に電話して、俺のタイムレコーダーを押しておいてくれ、といい、自分の巣に寝に帰った。

別のある日、女性編集者が若手作家の胤を宿し、彼女は産む気だったので、堕す時期を失するまで口外しなかった。しかし相手には妻子があり、認知もむずかしい。そのうえまずいことに相手が怪我で入院していた。虫喰はそのときも異様なほど熱心で、出産したあとひそかに手放すことをすすめ、そういうだけでなく飛び廻って、生涯会わないという一札を入れることを条件に貰い親を探してきた。彼は連日説得を重ねたが、彼女はとうとう肯んじないで産み育てた。後年、一人で働きながら子を育てている彼女と偶会して、彼はこういったという。あのときは悪かった、俺、子供の味をまだ知らなかったものだから――。

で、そういう虫喰を、誰もが（社長の玉腰まで）、仙ちゃん、と呼んだ。その愛称の響きには、この野郎、とか、兄《あん》さん、という感じがこもっている。世話好きのお人好しというレッテルとはちがう。彼が他人に示す指針はいつもどことなく辛辣であり、競輪場の穴場附近で、私の後方にそれとなく位置して様子をうかがっているような気配を誰しも感じるらしい。親切、というような甘い言葉が当るのかどうかわからないが、しかし、それがこの社会でいう〝親切〟というようなものなのであり、そこが説得力も産み、一目おかれるところでもあった。ところが奴さんの特徴は、ただ辛辣なだけでなく、むしろそれと同居するいくらか幼い情念のような部分にあったと思う。

彼は、同棲中の女性とはべつに、元同僚で、結婚の約束をした女性が居た。彼の社は社内結婚を認めていなかったので（というよりもそれも馘首の因になりうるので）、世帯を持つ手順としてその女性を転社させ、待機させていたが、なかなかゴールしようとしない。一説によると、玉腰の結婚適齢期の娘を意識の中に入れていて、養子の選に当ることを待っていたともいうが、その間に、いつ頃からか同棲する女ができた。虫喰は、意外に、他の放埒をするわりには女を漁り歩くことをしないが、多分、例の人恋しさの結果であろう。その女性はかなり尽くしていたようだったし、彼も女を粗末にあつかっていない。

会社にも社員たちにも、長兄の家に下宿していることになっていて、いつまでも独身と称している彼を、周辺が不思議がっている。しかし、許婚者の方が、うすうす彼の身の廻りを知るにつれて、結婚を急ごうとする。

「――どうするね」

虫喰は暗い顔で黙りこんでしまう。

「仙ちゃんらしくないな。どの車券にするか。締切五分前だ。早くしないと窓口が閉まるぜ」

もっとも彼は車券を買うときも、締切ぎりぎりまでねばる。

「車券のようなわけにはいかないかね」

私は面白がって頻繁に話題にする。

「組合わせはたくさんは無いだろう。一点買いか。どちらかで勝負して、どちらかを押さえるか。どちらも曖昧にしておくか――」

「一点買いさ」

「ほう。他の一点は切るか」

「今の奴とは、ケリをつけるよ」

と彼はいった。しかし、ぐずぐずと一日延ばしにしている。

「――夜中に起きあがって隣りを見るとな」と彼はあるときいった。「女が寝てる。此奴に、いつかいわなくちゃならない、いつか、此奴泣かせなくちゃならない、そう思うと、息がつまる」

「それなら、そっちで行くか」

「いや、そうもいかん」

「何故――」

「――別口と結婚しようと、定めたんだから」

他人には辛辣な指針を呈示し、行動にも移すが、自分のことになると、怠惰なくらい、消極的になる。一事が万事で、かなり苦しい位置におかれたときも、彼はまったく転社を考えようとしなかった。また、社内で積極的に目立つ位置（その気ならできたはずなのに）を取ろうともしない。彼が固執するのは現状維持だった。そうして、彼の現状維持を脅やかす相手に対してのみ、腰を使って競りおとす。

ある年、虫喰は、二つの離れ技をやった。

一つは、結婚。

私はその件は、動き出したと知ってから、黙って眺めていた。だが、彼の新世帯を持った所が意外に当時の私の巣に近くて、よく彼の部屋に行った。彼は忘れたように、切った方の女のことを口にしなかった。

もう一つは、クーデター。

彼はもう古参株の一人になっていて、当然、玉腰から疎外される立場だった。同じような立場の古参株と競って、競り落された方が会社を去っていく、というケースが何度か重なった。しかしそれでますます古参として目立ち、油断ならぬ人物だということになる。

ほどなく、編集からはずされて、総務課長に転出した。社長室に呼ばれた奴さんが、眼をまっ赤に泣きはらして出て来たという。そういう場合に、虫喰が泣く、ということが意外で、同僚たちはさかんに噂しあったが、私は自分がよく泣くから、さほど意外に思わなかった。

但し、口惜し涙だろうと見当をつけていた。

「俺はお涙頂戴には泣かないが——」と彼がいったことがある。「ところが映画を見てても、ツボにはまると、わんわん泣いちゃって、どうにも押さえが利かない。まわりの客がびっくりするくらい、泣く」

「どういうところが、ツボかね」

「——そうだなア。社会に押し潰されたり、その人間の才覚じゃどうにもならんことで、不幸になったり、する場合かな」

しかし、いうところの口惜し涙ではなかったかもしれない。

珍しく競輪に行かなかった日だと思うが、虫喰と、彼の社の経理部長とが私の巣に現われて、小料理屋に誘われた。経理部長は玉腰の印刷屋時代からの腹心で、経理だけに社の秘密をもとも握っている男だった。

「面白い話があるんだ——」と虫喰がいった。「だが、その前に、相談がある。君も一役買って貰う。いいだろう」

「どういう話——?」

「とにかく面白いんだ。玉腰を揺さぶるよ」

「へええ、どうやって」

「うちの社にも組合が必要だ。それでオルグをやってくれないか」

「——俺はオルグなんてやったことがない」

「しかし君ならできる。君は元ばくち打ちだし、一級品のばくち打ちなら、オルガナイザーの素質充分だ。なにしろ、ばくちは、此奴と一緒に破滅しようと思わせて、人を絶えず仲間に巻きこんでるんだからな。それができる奴でなくちゃプロでやっていけまい」

「それで、玉腰が揺さぶられるのか。組合なんぞに」

「いや、揺するのは此方。組合は搦め手。だが組合ができる機運だけでも、玉腰は相当に厭気がさして、やめるかもしれない」

「勝手な真似すりゃ解散というのは脅しだろう。儲かってる社をやめるものか」

「いや、脅しだけじゃないと思う。奴は他の経営者とちがって、芯から堅気じゃない」

「玉腰の父親は株屋でしてね――」と経理氏もいった。「株で波瀾万丈の一生を送った。玉腰は自分も株屋になって、父親のように暮すのが夢なんだ」

経理氏と虫喰はお互いに微笑し合った。

「仙ちゃんとは前からこっそり話し合っていましてね。あたしもチャンスを待っていたんですが、玉腰をコロすこと自体は簡単なんです。あたしが離れればね。税務署に帳簿を差し出すだけだって、まア出しゃしませんがね」

「で、チャンスが来たんですか」

「ああ――」と虫喰。「潰すだけならいつだってできる」

「そりゃそうだ。仙ちゃんたちが生きるんでなけりゃね」

虫喰は、映画界の有名人物の名をいった。

「そいつに売るのか」

「買う意志ありだ。やっと話が通った。むろんそいつは表には出てこない」

「しっかりやれ。面白そうだが俺はこの車券は買わない」

「何故――」

「何故って、もともと俺は堅気には興味ないし、執着がすくないから。仙ちゃんたちは自分の会社だものな。うまくいったとしたって俺は浮いちまう」

「彼はやるよ――」と虫喰は経理氏にいった。「閑だからね。ただ面白半分にやるから、信がおけないだけだ」

経理氏は笑った。そうして、まア一発やるまで仲好く遊びましょう、といった。彼は喰えないし、地足（平均スピード）もあるが、何かにつけて堅気社会に近い考え方をする人のようだった。

私はその頃、本名で小説を一本書いてやろうと思い立っていて、その期間だけ遊ばないように、ビジネスホテルを半月取った。

虫喰は、私が懸賞小説を書き出したと知ると、さして不思議がりもせず、がんばれよ、といった。そうして相変らず、午後、競輪場に行く途中でホテルに寄って、出走表を見せ、代りに買ってきてやる、といった。帰途も寄る。毎日だ。十日たっても私がホテルを出ないのを見て、本気だね、といった。クーデターの話は忘れたように口にしない。

風呂嫌いの男だったが、一度、バスルームに入ったことがある。あんまり水音がしないので、どうした、と開けてみると、ためらいながら、浴槽の外で石鹼を塗りたくっているところだった。小柄で痩せた身体が、ひどく頼りなげに見えた。

私がホテルを出てきた頃、クーデターはもう終っていた。事前に動きが露見して、経理氏は追放され、虫喰は灸を据えられたらしいが総務課長のまま残っていた。しかし、経理氏は社の秘密を楯に取って玉腰とやり合い、すったもんだの末、かなりの金を手に入れ、自分の事務所を持った。

「バラしたのは仙ちゃんだろう」と私はいった。「その車券なら俺も買ったな」

彼は真顔で怒った。

「しかし、経理氏もまア身が立つし、仙ちゃんも社長に点数を稼いだ。社長は癒着的存在を一人切れた。八方いいね。君の筋書らしいぜ」

「俺はよくない。この次は俺だ。何かあればね」

「そうでもないよ。仙ちゃんの総務というのは玉腰の名人事だ。毒をもって毒を制す。当分続くよ」

「当分じゃいかんな。どこまでも、じゃなけりゃ」

「活動屋の件は本当だったのかね」

「本当さ。条件次第ではあったが」

「だとしたら、惜しいじゃないか。何故、玉腰に売ったね」

「俺は売らない」

「じゃ、何故、経理だけチョンなんだ」

「当り前じゃないか。失敗すりゃ、奴は一人で出てった方がいい。俺なんか邪魔だ。奴がそう立廻る」

別の日、彼がいった。

「うちの社に入らんかね」

「――どうするんだ」

「オルグさ。正式に入社して、オルグする。組合を作って、或いは芽を育てて、玉腰が怒ってクビだといったら、やめりゃいい。もともと会社なんかに興味ないんだろ」

「面白そうだな。できるかどうかは別にして。だが、俺なんか入社させまい」

「俺は総務課長だ。なんとでもなるよ」

私の小説が懸賞に偶然入選したために、その話もそれきりになってしまったが、それからしばらくして、若い社員に機運が盛り上り、本当に第一組合が生まれ、続いて第二組合ができた。玉腰がそれであっさり社を投げ出した。あっさりといっても、下準備は充分にできていて、持株を大手の株屋に売って政権を交代しただけでなく、土地も社屋も、他の社有資産も玉腰の個人名義になっており、毎月一千万近くの使用料を会社が彼に支払うようになっていた。玉腰は、自由に取り込みができる時期はこのへんで終りと判断したのだろうが、それでも世間は業績黒の会社を投げ出すのを不審がった。

虫喰がその間、どのように働いたか、よく知らない。玉腰一族が退いた頃、彼は総務部長になっており、いつのまにか競輪にもほとんど顔を見せなくなっていた。彼は、組合の発生について、私のオルグではないかといくらか疑っていたと思う。私も、突然の政権交代に関して彼の果した役割をあれこれ考えた。が、どちらも、ほとんど関与していなかったのではないか。

競輪をやっていた頃、八百長レースをしくむ話が各方面から一再ならずあったが、二人とも面白がりながら、ついに手を出さなかった。八百長そのものをさほど信じていないせいもあるが、私も彼も、眺めるほどには、自分の手が出ない。

虫喰は、現状死守に脚力を使うタイプで、フォーマルな所では意外なほど何もしない。アンフォーマルな所は得意だったが、それも守備技で攻撃技になっていない。何故だろうか。倫理感や正義感のせいではない。優しさのせいでもない。

しかし、総務をやっていて玉腰の気配から眼をそらすわけはないから、新スポンサー乃至直接政権に登場する傀儡に対する下工作は素早くやっているはずだった。これは得意な領分だ、と私は思ったけれど、いくらか正確を欠いた見方だったかもしれない。虫喰は、そのケースでの力技は使えるが、幇間、つまり下に組んで喰下る相撲は苦手だ。

しかし、とにかく、おめでとう、と私はいった。彼は笑わなかった。顔色はますます悪く、横腹を手で押さえたままだった。

「医者に行ったら血圧がゼロに近いといわれた。よく立って歩いてるね、だとさ」

「ゼロとはどういう意味だ」

「上が70、下が70、まアそれに近い」

「しかし、とにかく馘首の危険は遠ざかったろう」

「相手が変っただけだ。総務なんて小使いと同じさ。いつだって風前の灯だ」

「たしかに今の君は、経営者でもない、組合員でもない。鳥でも獣でもないな。しかしそこがいい。独特の小走りができる」

「相手は資本だからな」

「資本で戦えなんていってない。君は素手だ。ギャングになれる」

「俺はギャングじゃない」

「ギャングになったり市民になったりすればいい。資本家もそうしてる」

「お前さんとはちがう」と彼はいった。「俺は勤め人だ。鳥でも獣でもないが、ここで生きてるんだ」

傀儡政権が生まれ、無関係の所からどっと役員がくりこんだ。新社長は非常にあたりのいい人物で、個人的には多分好々爺だろうと思う。旧軍人だったが、新専務も新常務も陸士出で軍人閥だった。競輪でいうと、虫喰は何番手を走っているのだろう。陸士閥は団結が固いというから、しばらくはおとなしく走って五着六着あたりを狙っているのか。しかしこの際におとなしく走っているのでは、後方にこみやられるおそれが大きい。

傀儡は、まず自分が傀儡でなくなるために、バックの株屋が所持しているこの社の株を買い戻すことに熱情を傾けたはずだ。その点、業績黒の会社だったから、傀儡が腹を痛めずにすむ方法があったと思う。

組合もここを先途と暴れた。新政権が力を持たないうちに、攻めるべきところを攻めておく。傀儡はにこやかに話合いに応ずる。彼も長期政権を保つうえで、四方八方に人気を高めておく必要がある。

その頃、突然、虫喰が新役員に昇格するニュースが流れた。財界の某氏が推薦したのだという声もあった。

虫喰の役員昇格祝賀会は華やかで、役員側は来てなかったが係長以上の全社員が居並んだ。外部で出席したのは私の他数人だった。無数に在籍した編集者の中で、波をくぐり、競り合い、長い道中をしのぎ勝ってただ一人ゴールした男として、虫喰の表情は紅潮していた。彼はスピーチで、彼としては元気よく、後続のために、社員から役員へというコースを、力一杯切り開いていくつもりだ、といった。

私は拍手をしたが、ある感慨を持ってこの男を眺めていた。鳥でも獣でもない所でしのいできたが、こうやって、結局、獣に接近していくのだろう。そうして、やっぱり鳥とも絶縁できなくて、その内心を一生の荷にしていくだろう。

彼も私も競輪場には行ってなかったし、以前のように頻々と会うこともなくなっていた。何かの用事で彼の社に寄ると、以前、玉腰の弟が使っていた一室で、大きな机の向う側に坐っていた。

「労務担当だそうだね——」と私はいった。

「仕事としては、ほぼ変らんな。前社長の頃と」

「べつの人間になったわけじゃないからな」

「すると、これはゴールというわけでもなかったか」

「役員か、しからずんば馘首か、いわばそれに近いケースかもしれんからね」

虫喰は弾まぬ調子でそういったが、実際、社内の声を拾うと、役員になってからの彼は精彩を発揮していないようだった。団交の席で切れが悪い。多分、鳥でも獣でもない心境で煮え切らないのであろうが、彼は表情を内攻させてしまうからわかりにくい。以前とちがって大学出で入社競争をしのいできたばかりの若い組合員は、そういう翳りを評価しない。

そのうえ、企画会議などでの虫喰の意見は昔からいつも消極一辺倒で、冒険に走らない。社業はばくちとちがう、飛躍を狙って失敗し元も子もなくしたらどうする、という。

編集の後輩で年齢も五つ六つ下の青山は能動的な明るい男で、新企画をよくヒットさせる。社内の人望はこの男に集まっていた。

虫喰がノイローゼになっているという噂をきくようになった。朝、家を出て会社の近くまでくると、足が慄え出すのだという。役員用の車を途中で乗り捨て、どこへともなく歩いていってしまう。

組合の三役の一人である若い編集者が、ある日こういった。僕等と道で会うと、あの人の方が眼を伏せて隅っこに寄っていくんです、器じゃありませんね――。

私もその頃、大病をやって半年入院し、手術が二回続いた。もう助からぬということになっていた。虫喰は、彼の社で出版している十冊あまりの私の著作物をかなりまとめて増刷して、その印税を届けてくれた。

「奥さんがP社の社外校正をやっているって」と私はベッドから訊いた。「本当かね」

虫喰は曖昧な表情をして、もう疲れたよ、といった。

「組合の出す条件を呑んでいい顔をするのはいつも社長だ。またあの人はいい顔をするのが好きなんだ。憎まれ役は俺。うっかりすると団交の前に組合と社長がなアなアだったりする」

「仙ちゃんも八百長をやりゃアいい」

「俺は駄目さ。素手だし、レースが小さい。結局は勤め人だ。みっともないことが、意外にできないんだ」

「しかし、傀儡も素手だったんだろう。財界人でもないし、銀行家でもない」

「あの人は指定席があるから」

「気弱になったね。まさか、取り込む前に落伍する気じゃあるまい」

「レースには出るよ。欠場はしないがね」

「がんばれよ。俺の分まで二人分取り込んでくれ——」と私はいった。「俺はあの世で、仙ちゃんの車券を買うよ」

「大丈夫だよ。君はくたばりゃしない。ちゃらんぽらんだから、俺よりレースが大きいよ。うらやましいね。ここぞというとき、ちゃらんぽらんになれるからなア。誰だって連がらみをしたくて、つい一生懸命走っちゃうようなときに、それができる。病気だって、いなせるだろうよ」

私が危うく命をとりとめて退院した頃、虫喰は、役員待遇のままではあったが、飛ばされて大阪支社長になっていた。支社といっても書店廻りの社員が数人居るだけで、役員が坐るポストではない。それも社の株主会のときまでで、そこで退社するのだろう、といわれていた。

もっとも新社長は虫喰にだけ辛く当っているわけではなかった。酒席では肩を抱き合って軍歌を唄っていた新専務が、まもなく脱落した。なるほど、傀儡は、傀儡でなくなりたい。しかし二番手の位置で、事実上の株屋出向の専務は、傀儡を傀儡にしておきたい、陸士閥も糞もなくて、立場がちがう。傀儡氏のやり口は面白く、自分が善玉を演じ、それぞれの領域で他の役員に悪玉役をやらせ、それを喰って時間を稼いでいく。彼は株を取得するための蓄積をする一方で、長期政権にするために、社内に次々と肉を与えた。古参社員も組合もおこぼれにあずかったが、傀儡氏はここを勝負所と心得ていたようで、そのために社の秩序が多少崩れようと、業績が渋滞しようと、意に介さない感じが迫力がある。そうして、組合とも打って一丸となって、民主的な一枚岩を作り――などとうたいあげる。

虫喰は秋になっても退社しないで大阪に居坐っていた。それどころか、翌年、常務から専務になった陸士閥の残る一人の退陣とともに、東京に舞い戻って副社長になった。一瞬、社内の虫喰を見る眼が変る。彼自身も晴れ晴れとした表情で、私の前では珍しく自慢気にこういった。

「毎週、社長がこっそり大阪に来て、二人で会談していたよ。まさか、東京の奴等、誰もそう思ってなかったろう」

しかし、今度は虫喰が、一番難所の二番手だ。傀儡氏が正念場でダッシュしているように、虫喰も正念場であろう。今度は、傀儡氏を蹴飛ばして頭狙いのチャンスだ。ところがここがむずかしいので、一着狙いに行くと、うしろの走者がインコースを突いてきて二着すら奪われかねない。社内に人気のある青山が追上げて常務、三番手を走っている。かといって手堅く二着を守ろうとすると、傀儡氏に血祭りにあげられる。余力を蓄えている閑《ひま》はない。

あとからきくと、虫喰はこの時期、家を建てるのに気持を奪われていたという。設計士とほぼ合作の設計図を会社に持ってきて、若い社員に見せて悦に入っている。その家に呼ばれた者の話では、非常に凝った造りになっているらしい。

何をしてるんだ、と私は思った。

虫喰の退社を耳にしたのは、彼が副社長になってから二年たらずのあたりだった。突然だったし、残念のような気もしたが、それほど驚かなかった。理由をきいてみると（むろん表面は円満退社だが）、いくらかの使途不明金があったらしい。多分、これまでのどの例とも同じように、それは失脚のための単なる理由であろう。

私の遠眼の印象では、虫喰は、彼らしくもなくあっさり退いたように思える。取り込みは皆にあろうから、尻をまくる手もあったろうが、その気配がない。

第一、ここが正念場というときに、家などを建てている神経がよくわからない。取り込むのはいいが、その額も取り込みとしてはわずかな額で、結局、その金は建築費の高騰のために注ぎこまれていて、彼の社内での養分には少しもなっていない。

彼は建てて小一年しか住んでいない豪邸と土地を売り出し、その金で使途不明金を埋めるとともに、この先の計画を練っているという。

すると、虫喰の跡をついで専務になった青山が訪ねて来た。

「仙ちゃんがやって来ましたか」

「電話は一度きたけど、まだ来ない。俺が忙しいと思ってるんじゃないの」

「へええ。おちついてる場合じゃないと思うんだけどなア」

退社が定まって、虫喰はもう社に現われないが、社の株主会の時までは正式人事ではないのだという。それまでの間は、虫喰が何等かの方寸をぶつければ社として冷淡にはできない。その後では条件がちがう。昨日までの副社長に対して扱いが軽いが、内訳は競り負けた男なのだから仕方がない。

仙ちゃんに伝えてください、と青山はいった。今なら、別社を造って虫喰に統括させることも不可能ではなく、その暗示も与えてあるのに返事がないという。こういう親切らしきことも、つまり、やっぱり親切であろう。私はその場で虫喰に電話した。

虫喰は頷かなかった。ことわる、といってるよ、と私は青山にいった。

「何故だろう――」

「会社が整理したい古参社員を連れて移らなければならない。会社としてはそれが目的の別社だろう。人件費が高くて、体力気力もないオールドタイマーを抱えて、一年かそこらで解散だ。中年社員をそういう形で始末をつけるのが、傀儡氏の思惑だとさ」

「それはわかる。実情はそういうこともありますよ――」と青山はいった。「でも、他に何かありますか。僕ならやってみるがなア。どっちみち理想的な条件なんてないんだし、やってみないことにははじまらんじゃないですか」

「それはそうだ。しかし当人となれば、いろいろあるだろう」

ところで、健ちゃん、と私はいった。青山との交際も二十何年前の競輪場からだ。

「今度は君が、二番手だが――」

「わかってます――」と彼は笑った。「いちいち勉強になります。ところがレースってのは、やり直しが利かないんですよね。ばくちと似てるなア」

虫喰の不動産はおそらく捨値で売ったろうし、ローンの精算などもあったろう。どの位の金が手元に残ったか、知らない。彼はどこにも顔を出さなかったから、社への精算も、虫喰のかつての後輩で、さっさと他社に転出して成功しているKが間に立っているようだった。私の推測では、結局不問に近い形になったのではないかと思う。

そうして虫喰は山手線の駅前に居抜きの店をゆずりうけて麻雀屋をやりだした。それならどうして俺に相談してくれなかったのだろう、とKにいった。麻雀屋なんて、内職だ。ボロく稼ぐには専門の才覚が要る。素人が高い権利を払い、高い家賃を払ってやるもんじゃない、それも居抜きの店とはねえ。盛業なら誰が手放すものか。

僕もそういったんだけど、仙ちゃんが気にいっちゃって、きかないんです、とKもいった。

私もメンバーを引き連れて何度かその店へ行った。なるほど、軽食のできるカウンターを含めて麻雀屋としてはかなり立派な店で、客も一応入っていた。しかし前代から居残った店員を、気に入らなくてやめさせたという。それで虫喰が例の硬い顔つきで茶をいれたりしている。

彼はゲーム事は好きで、うまいが、といって特別にプロの修行をしたわけではない。屁理屈は達者だが、巧言令色家でもない。

客商売は不適格だろうと案じていた。その予測がみるみる当っていったらしい。久しぶりに虫喰がやってきて、百万、都合してくれないか、といった。悪いけど、それも急ぐんだ、今すぐ。

私は小切手を書いた。すでに、細かい事情は知らないが、Kが自分の金を三百万も虫喰に用立てているのをきいていた。三十代のサラリーマンの三百万は痛い。Kは病人も抱えている。

虫喰はただこういった。

「どうも、つくづくだらしのないことになっちゃって——」

私はことさら他の話をし、飯を喰って別れた。別れ際に一言だけいった。

「ばくちは手を出さん方がいいよ。悪い態勢のときは、あれは駄目だよ。仙ちゃん昔いってたろう。脂汗流して無理な金使ってる奴の車券は当らないって——」

この百万は、多分、ばくちの支払いだろう、と私は思っていた。それも、本職がらみの奴だ。昔、競輪でしのぎきれていただけに、虫喰にはこの方角が困った時の魅力になる。眺めに長けている奴だったが、自分を眺める余裕がなくなったか。

Kは以前、虫喰に私淑していた男で、なんとか麻雀屋を内職にして、虫喰に昼間の職業を世話しようとしていた。虫喰はもう五十を越したはずだが、勤めるなら最低五十万なければやっていけない、といったという。

「五十歳だから五十万、か。そんな口があると思いますか」とKは私の所へ来てこぼす。

「状況に応じて生活を縮小するように、少しは考えて貰わんと困るんだなア」

「本人の勝手なんだから、そんな口は無いといって放っときゃいい」

「だって、毎月、無心に来るんですよ。俺、そのたび夫婦喧嘩ですよ。ところがね、ここまで用立てて、この線でピシャッと用立てないというのは、いやな気持なんだなア」

虫喰の店は、やくざが入りこんでいて堅気の客を蹴散らし、見かねた虫喰が文句をいうと、やくざも来なくなって、結局、誰も客が居なくなってしまったという。

Kは自分の社が子会社を造る計画があるのを知り、虫喰を役員で加えようとして懸命に画策していた。また虫喰にも最初はギャラ三十万円ぐらいからということで、ようやく手を打って貰って、なんとかボスにひき合わせた。ボスはひと眼見て、あの人はやる気がない、といったという。

Kはある日とうとう激怒して、もう来ないでくれ、と叫んだらしい。その頃は私の所ばかりでなく、他社に点在している以前の後輩や、執筆者の所に現われて、三十万とか五十万とか無心していた。

店は売りに出しているが、売れそうもない。家賃は払わなければならぬ。その他に住んでいるマンションが三LDK。Kの話だと十何階建のいいところだという。虫喰にいわせると、子供が大学一年と高校二年で、微妙な年齢だから一人一部屋は与えたい、これはどうしてもそうしたいんだ。

しかし上の子の大学の入学金をたかられたWは、会社から前借りして月賦で返済している。

虫喰は私の所では、他に人眼がないせいか、よく泣いた。子供のように鼻を慄わせていつまでも涙をこぼしている。私は、その前に坐って、じっとうつむいている。

「――はずかしいが、自分でもどうにもならない。子供たちにいうんだ。首を吊ることになるかもしれないからね。そうすると、子供がいうよ、一人で死んでくれ、って」

甘えているし、一種の脅しにもなっている。私もKもWも、それぞれ楽に得ている金ではない。しかし、そんなことをひっくるめて、すべて虫喰にもわかっていることであろう。わかっていてもどうにもならないこともある。三度目のときは、彼の申し出を拒絶して、そのかわり有り合わせの現金だけを持っていって貰った。こういう交際ではなかったのにと思いながら。

そうしてまた電話がかかってくると、やっぱり進んで出てしまう。

そのうち音信が途絶えた。気にはなっていたが、溝に捨てるような金が彼の要求に応じて出せない以上、私の方から電話するのは、ただからかっているようなことになる。

その分、他に行っていた。額は小粒になっていたが、その代り相手を選ばない。元の社に現われて後輩にたかる。あの人は乞食か、といわれた。彼等の前では、学校の用務員の口を探してるとか、新聞の三行広告に応じたけれど、履歴が良すぎるといわれたとかいっているようだった。

私にはまだ、何故これほど沈みこんでしまったのか納得がいかない点もあったが、とにかく、負けた男というものの姿を完膚なきまでに見せてくれたことになる。しかも、まだこのとき、店は売れぬままで早晩破綻するにしても、敷金が辛うじて残っており、マンションの方も家賃が滞っていた様子はない。

今年の九月に私は旅行と外での行事で、しばらく家をあけていた。あとできくと虫喰が何度も電話をしてきていたらしい。彼はその時期、ただ会うために、知友のところを歴訪していた。Wの所ではこういったという。

「もうやることはない。全部すんだ。俺の人生は終ったよ」

しかし、まだ子供が残ってるだろう、とWはいった。

「いや、子供は存外に、自立しているものだ。改めて話し合ったが、それがわかったからね。もういい」

彼はこれから信州の生地や知友を訪ねる、といった。Wは、黙ってきいているほかなかったという。

それから半月後に訃報をきいた。信州の生地に行き、帰り道、茅野で新聞店をやっている叔父のところで、脳溢血を起こしたという。

報らせを受けて、私はやはり衝撃を受けた。来客中だったが、息苦しくなって、しばらく普段の調子に戻れなかった。私はいつも、眺めて賭けることが好きなわりに、大根のところの摑みがぐらついていて、レースが終ったとたんに眼から鱗が落ちたような思いをすることがある。虫喰の場合も、案じていながら、彼が死ぬという車券は最後まで買っていなかった。では、どうなると思っていたのか。自分のことと同じように、ほとんどなにもはっきりとは判断できずに、なりゆきで走っていたのか。また、虫喰自身が他人事としてこのケースを眺めた場合、どう眺め、どう処置をとったか。

私はその晩、一人になって机に頬杖を突きながら、チラチラと窓外の闇に眼をやったり、部屋の隅をたしかめたりした。虫喰がそこらに居たら、ぜひ話をしてみたい。以前はこういうときのいい相棒が奴さんだった。せっかく話題ができたのに、肝心の相棒が居ない。

すると、寝床に入った頃になって、足もとの方で大きな鰐が動くような気配がしたかと思うと、虫喰が私の身体に沿って這いあがってきた。

——ああ、仙ちゃん、と私はいった。俺、今、わかったよ。なに、たいしたことじゃないんだが、わかったってことを報告したい。君はとても劣等感があったんだね。俺もそうだし、俺や君の周辺にはそういう奴がごろごろしてるんだが、何故か自分の劣等感にだけこだわっていて、他人のを気にとめようとしないんだ。それで俺たちのような奴の場合、個性も能力も、おおむねその劣等意識のところからできあがってくるんだけれど、他人眼には劣等感とつながっているようには見えなくて、異能に思える。本当は能力なんてものと少しちがうんだよな。そうならないでは居られないから、そうなっただけの話なんだ。そうだろう。君は、当然のことだが、君自身の意に少しでも沿う生き方をしたいと思っていた。ところがその生き方を手に入れるについても、自分の意に沿う方法でやりたい。みっともないことはしたくない。幼年時に恥を忍ぶようなことばかりやってきたんだから。そこで出渋る。偶然、長兄の世話で、変則に編集者になって、それが君にはとても貴重なことだったんだな。俺は自分のことを今思い出したよ。俺もそうだったんだ。小さな社の編集小僧でも、天の恵みかと思えたものだ。

君は普通の入社試験など受けようとしなかったろう。君ぐらい、フォーマルなことを避けていた男は珍しい。君にとって、あの社は、たとえどうだろうと唯一の場所だったろうね。他人にはわかりにくいが、他社で再出発する意志はない。意志というより、それはできない。いやなことは、いやだ。あの社を脱落したときが、最後だったんだ。それがどんなにこたえたか、君の一生が終ってみないと俺にもよくわからなかったよ——。

虫喰は無表情だったし、一言も物をいわない。私の顔のすぐ上で、スクリーンに映されているように、チカチカとまたたいている。

——ごめんよ。唯一の所だと思いながら、同じその劣等感のために、普通の編集者のやる道をのこのこ後から踏襲していけなかった。君の独特のやり方、能力に類似したもので埋めていこうとする。そいつに、結局、復讐されるんだ。実直な奴は実直さのために敗れ、独特な奴は独特さのために敗れる。君も、特徴を逆利用されて、辛いコースに入っちゃった。ずいぶんしぶとい堅固な男に見られたが、そうじゃない。劣等感の部分では溺れこんでいて、俺もそうだが、もともと整調されていない。俺たちは幼いね。君は、家というものにも弱かったろう。移動を嫌って、必死で定着したろう。子供を溺愛したろう。定着をのぞみながら、鳥にも獣にもなれないで、自分の独特さにしがみついているだけだったろう。辛い走り方が終ってよかったね。俺がわかったことはそれだけだよ――。

翌日、虫喰のマンションに線香をあげに行った。未亡人と二人の子供が、脅えて身構えるような恰好で扉をあけた。特に二人の子供は、虫喰がことあるごとにそうしたように、硬い顔つきで並んで居た。

「郷里が近いから、そっちへ遺体を運んで焼いて貰ったんですけれど、直接の親族も居ないし、縁者も皆、代がかわって顔もよく知らないような人ばかりだったし、近くにおいた方がお詣りもしやすいと思って、お骨を持ってきてしまいました」

と未亡人がいった。家の中には、家財をまとめていくつかの大きな荷にしたものが転がっている。昨夜、お骨を持って帰ってきたばかりで、もう大きな荷物を作ったのか、と思ったが、未亡人の話では、虫喰が造って、旅に出ていったという。移転先も定まっていないのに。

私は言葉を失なって、小さな祭壇に向かった。彼の遺影はゴルフをやっていた頃のいくらか肥えたものだったが、そのそばにある位牌は本名のままで、戒名がついていなかった。

もうひとつ、余分なことだが、虫喰の正式退社後半年もしないうちに、あの傀儡氏が病気で急死して、今、二番手だった青山が社長に就任している。

走る少年

角谷という同級生は身体が小さくて駈けっこが実に速かった。彼は野球のときも楽しそうによく走る。森井は、マラソンだ。いつか級で運動場を十周したときもトップ。このときは勉強が一番できなくて皆から軽く見られていた成瀬が、意外にがんばって入賞し、喝采を受けた。ぼくらの級は、皆、走ることが大好きだった。

でも、ぼくは、べつに好きで走っているわけじゃない。

ぼくはあの頃、いつも車道と歩道の間のいくらか傾斜になったところを走っていた。そこは傾斜のせいで着地が不安定だし、雨のあとは水がたまっていたり、道路のごみがはき寄せられてかたまったりして、堂々たる走路とはいいがたい。けれども、車道は、車や自転車が彼等のペースで走っているし、といって、歩道は人間たちがのそのそしていて、彼等を突き飛ばすようにしなければならない。道路というものは、おおむね、ぼくみたいなものが走るようにはできていない。

でも、とにかく、ぼくは走っていたんだ。

朝、学校へ行くときも、夕方、家に帰るときも、降っても照っても、そうしていた。背中のランドセルの中で、教科書や筆箱が、がさっ、がさっ、と鳴る。

路面電車やバスが、鈴なりの客を乗せてぼくを追い越していく。もっとも渋滞のときはどっちが速いかわからない。方々の学校へ行く中学生がたくさん乗っていて、あとになり先になりしながら走っていくぼくを見おろしている。

成瀬が運動場を十周し終ったとき、誰も信じなかった。最初の二周目ぐらいで、もう脱落組の方に居るはずだと皆が思っていた。だって、教室では根気がないように見えたから。あ、成瀬が走ってる、と誰かがいい、ほんとだ、走ってる、と脱落組の連中は皆叫んだ。彼は鈍重なフォームで、ゆっくり、黙々と走っていた。脱落組の声は彼にもきこえたにちがいない。彼は他人を追い越すでもなく、といってバテた様子もなく、中団のあたりにずっとつけていた。さらにまた何周かして、級の半数以上の者が脱落したが、成瀬はまだ残っていた。そうして最初に飛ばした者の脱落が多かったため、いつのまにかひとりでに上位にあがってきていた。はげましの声を彼にかける者がいた。成瀬はいくらか顔をうつむけ、照れたように表情を消したまま、手と足を動かしていた。そうして居ることが自分でも信じられなくて、はやく脱落していつもの劣等生の自分に戻りたがっているようにも見えた。だが、何かが彼をそうさせなかった。走っているときはそんな様子は見えなかったが、ゴールしたとき顔色が変っていた。

街なかを走っていて、あのときの成瀬をよく思いだす。彼はいつも（ぼくもだが）孤独な劣等生だった。そうして、脱落しないでがんばっているときも、やっぱり孤独だった。けれども皆が彼を注目していて、ゴールしたとき平生とちがう拍手に包まれた。

ぼくは、ゴールしても、誰も賞めてくれない。

ぼくは一人で走っていて、そこは車道でも人道でもない。ランドセルが重い。短靴の中の足が熱い。ぼくが走るのを中止しても、誰もなんにもいわない。

ぼくらの中学校は、小学生と同じようにランドセルだった。木板とズックを組合わせた大きな奴だ。洋服もズボンも帽子の白線も学校制定のもので、もちろん、登下校の刻限も、授業のわりふりも、休み時間のすごし方も、その他一挙手一動作、すべて学校側のとりきめに従っているので、ぼくたちはただ身体ひとつを自分の物として運んでいただけである。

あの学校はきびしすぎるという人がある。しかし、ひとたびあの中学校を受験して所属した以上、それを不服に思う筋合いはない。それどころかぼくたちは、基本的には、なんとかして学校側の規制にぴったりはまって、優秀と目《もく》される生徒になることが念願であった。

ぼくは前夜から、ろくすっぽ寝てやしなかった。しようがなくてついうとうとすると、必ず夢を見る。遅刻して、校門の前の地面に坐らせられて、通行人の面前で、教師からびんたを喰う夢だ。教師はいう。この野郎、また遅刻だぞ、あーん、すこしたるんでいるから、気合いをいれてやろう――。ぼくはそれでもいいといえばいい。でもときとして耐えがたいときもある。服部は、たまさか教師に殴られて、右の奥歯を入れ歯にしなければならなかった。当りどころがわるいとそうなる。津村は中耳炎になってなかなか治らなかった。

ぼくは毎日殴られているけれど、どこもなんともない。校門のところに当直の教師が立っていて、遅刻した奴を一列に並べて坐らせる。ぼくの顔を見ると、教師は一倍いきりたって、やあ、やあ、とわめく。やあ、またお前だな、お前そっち側に一人で坐ってろ。あとでみっちりきたえてやる。

殴られてもかまわない。それはもう慣れた。午前中いっぱい正座させられたこともある。校庭を、よしというまで一人で走っていろといわれたこともある。今日はどういうことになるかと思うけれども、どういうことになっても、恥ずかしい思いをすることだってもう慣れている。ただ、遅刻したぼくを認めた瞬間の教師の顔に、ひょいと当惑の表情が浮かぶのが、いやだ。ある教師は、毎日遅刻してくるぼくを見て、自分たちとは意思の疎通を欠くまったくちがう生き物のような眼の色になる。これもいやだ。他の生徒にはきびしい懲戒を与えても、ぼくには汚ない物を見る一瞥をくれたきり、何もしようとしない教師も居る。

走っている最中は、孤独で平気だけれど、ゴールしたときに孤独なのはやりきれない。

でも、文句はいえないんだ。ぼくだって走っているんだけど、それは教師がそうしろといったわけじゃないんだから。

中学に入った頃は、ぼくも人並みにバスに乗って通学していた。ぼくの家から中学までは、バスを二つ乗りかえる。そのたびに停留所の長い列に加わる。ぼくは不運な星の男なのかな。

いつだって、ぼくの乗る方向のバスが今出たあとで、今度はなかなか来ない。ずっと向うの道がカーブしているところを、今バスが現われるかと一心に眺めている。でもいつだってすぐには来ない。来たと思えば満員で、誰も乗せない。

それで、ほんのひと足早くついて、いつもは地上でむなしく見送るバスに乗ろうとして、家から停留所まで、あるいは乗りかえの間を走ることにした。走ればそれだけ早くつくが、でもバスの方もちゃんとこちらの思惑を先ぐりしていて、ぼくが停留所につくかつかないうちに、すうっと出ていってしまう。こんなことは弁解にならない。こんな事情をしゃべっても、誰も同情してくれないし、自分でも口にする気になれない。

あるとき、いつもよりうんと早起きして停留所に行ったら、珍しく空いたバスが来て楽に坐れた。ぼくはひどく幸せな気分で登校した。その日は遅刻しなかった。けれども、教科書を二冊忘れてきていて、二時間目と三時間目、身のおきどころがなかった。どういうわけか、ぼくは兇《わる》いことに縁が切れない。教科書を何度も調べ、忘れずにランドセルに詰める。時間も大丈夫。すると体操のパンツを忘れていたりする。完璧というわけにはぼくの力ではいかない。だから、油断しちゃいけない。今日は完璧だ、なんて思ったら最後、致命的な凶事に見舞われる。

バスの中で坐れて、束の間、自分の自由な想念に浸ることができ、ほとんど不安をおぼえなかった幸福、それと登校してから味わった不幸を比較してみた。物事の比較ということは、なんにつけむずかしい。けれども、あとにきっと兇いことがくると思うと、幸せにおちおち浸っていることができない。

楽アレバ苦アリ、苦アレバ楽アリ。

あれは誰の言葉だったか。誰の言葉でもいいけれど、教師に教わったのじゃなかった。たしか、今は一緒に暮していない父親から、ぼくが小さい頃きいた言葉だ。

楽あれば苦――。本当にそうだと思う。ぼくのように、半人前な人間はそれでなくたってわるいことばかり起きがちなのに、楽など味わったら、次は苦にぶつかるにきまっている。

ぼくは二度と、たとえ空いていても席にかけようとはしなかった。混雑でもまれて、ひィひィいいながら、心の中では、ああこれで苦あれば楽がくるかもしれない、そう思って安心する。いつものとおり、バスがなかなかやってこない。早く来ないと遅刻してしまう。けれども、すっとあつらえたようにバスが来たら、次に出会うのは兇だと思う。バスがくればいいが、しかし来てほしくもない。

何もよいことがなくて、さんざん気をもみ、不安でおののきながら来たのに、学校で、やっぱりいいことがない。それは、来る道筋での苦しみが不足していたせいだと思う。

家から停留所まで全力疾走をする。バスに乗っても、中で走り続けていたい。混雑で身動きができないけれど、足踏みだけしている。停留所の列の中でも足踏みしている。バスがくるまでそうしていることができなくて、いつのまにか次の停留所まで走りだしてしまっている。するとあざ笑うように、たちまちバスがやってきてぼくを追い越していくのだ。次の停留所で、今度こそそんな馬鹿な目を見ないように、足踏みしながら辛抱して待っている。だが、やってこない。バスだけでなく、他の車もばったり姿を現わさない。

どこかで事故でも起きて交通が遮断されているのかもしれない。で、思いきって、走りだす。二十メートルほど行って、うしろを振り返ると、曲り道のところからたくさんの車が黒山のようにやってくる。あわてて戻って列の最後尾につく。バスもくるが、列を全部消化できないで走り去る。もう駄目だ。バスなんか当てにするまいと思う。列を離れて走りだすと、バスは続けていくらでもやってくる。

ぼくはいつ頃からか、バスと格闘をしなくなった。そんなことをしなくたって、早く起きて、早く家を出ればよい。どうせぼくは、ろくすっぽ眠ってやしないのだから。

ぼくは車道と歩道の間を、自分で定めた歩調で、ずうっと走っていく。ランドセルも服も帽子も、学校にとりしきられているが、ぼくはぼくで、せめて苦しみかたぐらい、ぼく流の苦しみかたにしたい。

がさっ、がさっ、と教科書が揺れる。額の汗が眼に入ってくる。

それでもどういうわけか、学校につくと、以前と同じように、きわどく遅刻している。もっと早起きしても、やっぱり同じことだ。早く出れば、その分だけ途中で咒いことがおきる。

お前、どういうつもりだ、意地をはって遅刻をつづけようというのか、と教師はいう。

ぼくは弁解はしない。弁解できるようなことはなにもない。

ぼくはいつも一時間目の授業は校門のところでの処罰のために出られない。時には二時間目も出られないこともある。それで授業の中途でぼくが教室に入ってくると、級の皆がどっと笑う。教師は笑わずに、近頃は不快そうに無視するだけだ。教師の不快な気持はぼくにもよくわかる。まったく、どうしてぼくは、こんなに駄目なのだろう。

君は要領がわるいんだよ、と隣りの机の赤井がいう。物事には要領ってものがあって、どこか一カ所を基準にして帳尻を合わせていくんだ、君はそれをしないから、順ぐりにずうっとずれていってしまうんだよ。

ぼくもまったくそう思う。赤井は目立たない生徒だったが明るくてすごくいい奴で、皆がぼくを笑うときにも、彼は笑わなかった。隣りのよしみで遠慮していたのだろう。ある日、例によって遅刻して、それがその日は寐坊したうえに走ってきたので、ぼくが処罰で泣きはらした眼をして教室に入ってきたのは給食の時間だったが、席についてふと隣りを見ると、赤井がぼくに当てていた視線をすばやくそらして、遠い方を見るような眼つきになった。赤井も呆れているんだ、と思うととても悲しい。

要領なんだけど、とある日ぼくはいった、それがとてもむずかしい、だって何に対して要領をまとめたらいいのかわからないよ、たくさんいろんなことがあるからね。

それは要領がわるいからさ、と赤井。

遅刻をしないということだけをポイントにすると、他のことがめちゃくちゃになってしまうんだ。それでなるべく自分の気持に添わせるために他のことと一緒にしてあつかうと、遅刻してしまう。

まずひとつの城を攻めるんだよ。ひとつのことをうまく行かせるだけで我慢するんだ。遅刻しなくなったら、またべつの城をひとつ攻める。皆そうやってるよ。

でも、そのひとつの城が何かよくわからないんだ。

とりあえず、遅刻さ。毎日叱られているだろう。

ああ、そうだね。でも、それは孤立した城じゃなくて、ぼくの中でいろんなものと地続きなんだ。ぼくも遅刻したくないけど、たとえ遅刻しなくたって、やっぱりぼくは劣等生だろうよ。もしぼくが生きていこうとするなら、ぼく全体を直すか、それとも劣等生の生き方を練習していくか、どちらかだと思うね。
赤井は色盲で、ぼくのように道路を走ることなんてできないといった。そのかわり身体が特別に柔らかくて、教室でもよく立ったまま弓なりに身体を反らせ、頭を床につけて見せた。運動場のマットの上で、うしろに身体を反らせ、両手と脚を組み、毬《まり》のようになってくるくると廻転してみせる。

二年生の夏、教室で高熱を訴えて医務室に行った。まもなく救急車のサイレンの音をきいたような気がする。白い上衣の数人の人がやってきて、赤井の机や椅子にたっぷりと消毒液を撒いた。ぼくも消毒液を頭からかけられた。赤井はそのまま教室に戻らずに、三日後に死んだ。彼が熱を訴えた日は、珍しくぼくが定刻どおり登校していた日なんだな。だから吉凶というものはどういう形でやってくるかわからない。

ぼくはあいかわらず、毎日走っていた。うっかりするとそれに慣れてしまうほどだ。すでに走り方もパターンができていて、信号から信号までを全力疾走し、信号を渡るときだけゆっくり歩く。いかなる理由があってもそのルールを崩せば、すべてのそれまでの苦役は水泡に帰す。

できるだけおごそかにそう定めたつもりだけれど、日課のようになってしまうと、苦しみが切実にひびいてこない。そこで、全力疾走の度合を深めて夢中で突っ走ったり、信号を無視して車を蹴散らす勢いで十字路を渡ったり、苦のタネを増そうとする。

結局、ぼくにとって兇いこと、辛いことというのは、どれくらいの兇いことなのか、まだその底がわかっていない。この世の中の吉《よ》いことと兇いことどちらも、ぼくなんかにはまだ突きとめられないほど深く大きいもので、現にこれまでだって我慢のできないような辛さや悲しさに何度もぶつかっている。それにくらべれば、身体を痛めつけることくらいは軽いことに思える。そういう軽い凶事で、本格的な苦痛を代行しているのだから、ここでへこたれるわけにはいかないと思うのだ。

ぼくは走りながら道筋の商店の時計をのぞきこんで時間をたしかめる。ああ、また今日も遅刻だと思う。いつものとおり遅刻して、大仰な処罰を喰わなければならないと思うとなんとなくほっとする。その、ほっとしたことで、楽あれば苦、と思ってぎょっとなる。

今頃は、教室で朝の点呼をやっている頃だろう。赤井（は途中から消えたが）、赤沢、浅見、荒井、井上、石川、石野、印南、宇佐美、遠藤、尾形、小野田、梶、角谷、アイウエオ順でその次がぼくの名前なのだが、担任教師はじろりと席を見るだけでぼくの名を呼ばないらしい。

遅刻とわかっても、途中で学校をサボる気でひき返したりすることは一度もない。そんなことをしてうかうか気ままな時間をすごしたりしたら、そのあと胸が潰れるほどの兇いことに見舞われなければならない。それがなんだか想像もつかないが、いつだって予想もしなかったような災厄が待ち受けているのだ。父さんが居なくなったときもそうだった。ぼくのまだほんとに小さい頃だが、母さんは世にもおそろしい顔になって、部屋の中の物をひとつひとつ、順ぐりに、窓から往来に投げ捨てるのだ。

そのほんの少し前に、キャラメルとポプコーンを買ってくれたときはいつもの母さんだった。小さな一輪ざしを窓から抛り、下で砕ける音がしたとき、母さんの髪の毛が逆だって居、ぼくは幼いながら事態を理解しようとして凝視していたが、結局なにもわからなかった。母さんは、湯呑や急須を抛った。それから唸り声をたてはじめて父さんの残していたジャンパーや、座布団などを投げ捨てた。ぼくは懸命に泣いた。母さんはテレビを抱えあげて線をひきちぎった。テレビが投げられ、トースターが、お酉《とり》さまの熊手が投げられる。下の道で人の声がした。母さんは洋服簞笥にむしゃぶりついていた。そうして洋服や着物を次々と抛った。

ぼくは泣くのも忘れて母さんの怖い顔を眺めていた。扉がどんどん叩かれている。でも母さんはますます荒れ狂う。次は何を捨てるんだろう。その場で思ったことはそれだけだった。ぼくも投げ捨てられる。ただそう思っていただけで、ぼくは動くことも、声を立てることもできなかった。次はぼくだろう、もうこの次はぼくだろう、母さんがぼくの方を見る瞬間を、今か今かと思っていた。

怖いことは底なしにあって、それがどのくらい怖いことなのかぼくにはわからない。多分、嬉しいことも底なしにあるのだろう。でもぼくは、怖いことがいやだ。

苦アレバ楽、楽アレバ苦――。

楽あれば苦、というのが怖い。どんなことがあっても、うかうかと楽をしてはいけない。ぼくはいつも、苦の中に居て、次は楽だと思いたい。しかし、次の楽を受けいれたら最後、また苦がくるわけで、そうなるわけにはいかないから、苦の次は苦、その次も苦、自分でとりきめ、覚悟した苦にいつも浸っているようにしなければいけない。

でも、それもまた、ときどき怖くなるんだ。一度、信号を無視して大通りを駈け抜けてしまったら、次に赤信号を見て走るのを躊躇したりすると、さっき、危険を覚悟で赤信号を突っ切ったことを含めて、ぼくが守ってきたすべての苦しみが水の泡になる。ぼくは永久に赤信号でも突っ走らなければならない。そのことも怖い。

放課後のクラブ活動でやる剣道の道具の糸が切れて、修理に出すために家にかついで帰った。重たいランドセルのうえに、竹刀と剣道の道具だ。そのときは七転八倒し、もうちょっとで脱落するところだった。もし楽に電車に乗って帰ったりしたら、家の方で何があるかわからない。で、修理ができたときかついで学校に行き、また持って帰った。しばらくその重味で苦痛が新鮮だった。

でも、また何を思いつくかわからない。思いついたらそれがどんなことでも、実行しなければ戒律の価値がなくなる。

とにかくぼくは、毎日、教室にたどりつくだけでへとへとだった。卒業試験は目前に迫っている。赤井のあとで隣席になった舟津が、赤井に劣らずいい奴で、ふだんもろくすっぽ授業に出ないぼくのためにノートを貸してくれる。ぼくは皆が帰ったあとで居残ってノートを写す。けれども大半は何がなにやらわからない。

授業中も、どうかすると両足をこまめに動かしてみたくなる。それをやらないと兇いことがあるような気がする。ぼくは必死でその気持が頭に浮かばないように押さえている。本当はとっくに浮かんでいるのだけれど、ごまかして本格的にそう決断しないようにしている。だからぼくは、授業中にいい目に遭わない。ぼくはただ、机の下で足が走りださないように押さえているだけだ。それから、へだらぼだらじゃだらかまんま！　と叫びださないように押さえている。そうしてまた、抽斗《ひきだし》の中の物を窓から抛りださないように押さえている。

ぼくは教師や級の皆だけでなく、ぼく自身も自分にあいそをつかすようなことをやってみたくてたまらない。そうしなければ安心できないし、たとえそうしても、うっかり安心などしていられない。

中学校は、厄介者のぼくを早く放りだしたくて卒業させてくれるらしい。ぼくは母子家庭だし、さんざんの成績だから、もちろん上の学校にはいかない。母さんは、叔母さんや、遠縁の人たちにぼくの就職を頼んでいる。

叔母さんの知り合いの線で、ほとんど形式的な面接だけで、大きな通運会社に入れることになるらしい。

特別なんだよ、これは。ちゃんと決まったらお赤飯を炊いて祝おうね。お前も一人前になるんだから。母さんはそういうが、ぼくにはいいことに思えない。

ぼくは本当は、卒業なんかしたくなかったんだ。いつまでもあの学校に居て、毎日処罰されていたいんだ。こうなってみると、学校はよかった。ぼくは充分に馴染んでいたし、処罰のあつかいに馴れていて、適当な苦痛を与えてくれる。

ぼくはもうどこへも行きたくない。新しい場所なんていやだ。

でも、他の者は誰もそう思わないだろう。もうすぐ皆ともお別れだろう。

ちゃんと勤める前に、ときどき顔を出して仕事をおぼえろ、といわれて、ぼくは学校をときどき早退して会社に寄った。ぼくの持ち場は、定期運送物の伝票を整理計算する係で、ぼくとあまり年齢のちがわない少年社員が多い。

皆、ゴムの指サックをはめて伝票を手早くめくりながら、運賃を算盤に入れて集計している。集計がまちがっていると、皆がいつまでも帰れないのだという。

一束、渡されてやってみたが、皆の半分も進まない。なァに、すぐ馴れるよ、と先輩がいう。まじめにさえやってりゃ、居心地のいいところだよ。

誰も、ぼくが懸命に走り続けてここに来たことを知らない。学校でも、特にくわしく知っていた者は居ない。でもここはなんとなくちがう。ここは適当な処罰をくれるだろうか。学校と働く場所はちがう。ここの処罰はなんだか怖そうだ。

ぼくのそばの電話が鳴った。ぼくは受話器を手にとったけれど、ぼくのアパートは管理人のところにしか電話がなくて呼び出しだから、ぼくは受話器をとるのははじめてで、形式的にきまり文句が出てこない。受話器の向うで声はきこえているけれど、ぼくはいつまでも黙っていて、先輩に受話器をむしりとられた。

ぼくは身を固くして、流暢《りゅうちょう》に事務所のそこかしこで起こっている会話に耳を傾けていた。両足を、机の下でばたばたさせようと試みた。でも、萎《な》えたように動かなかった。

どうだったの、と母さんがいう。

うん、くたびれた、もうくたくただよ。

あれ、だってまだ見学してるだけだろ。それとももう働けたのかい。

なにも働かなかったけど、くたくたなんだ——、とぼくはいった。

まァよかったよ、学校の方はもうどうでもいいんだろ、明日から毎日、会社の方へ行ったらどうなの。

ぼくはランドセルを背負って家を出て、学校へ行こうか、会社へ行こうか、といつも迷った。学校へ行きたい。だから、気のままに学校へ行ったりしたら、きっとその次に兇いことにぶつかってしまうだろう。だから会社に行かなければならない。

会社はぼくの家から走って二十分ばかりのところで、学校よりはずっと近い。起きてすぐに家を出て、走っていくと早く到着しすぎてしまって、まだ誰も居ない事務所の中でぽつんとしている。

こんなに簡単に、苦痛もなしに会社に来てしまうなんて、どう考えても、いいことが次にありそうには思えない。こうしていてはいけない。ぼくの戒律をどんどん造らなければ、どこでどういう兇いことに出会うかわからない。

ああ、なんにも考えつかないでほしい、という気がどこかでする。

便所、という言葉が頭の中に浮かんだ。

浮かんでしまった以上、躊躇してはいられない。ぼくは用務員の部屋らしいところへ行って掃除道具をつかむと便所に走った。

かすかな期待を裏切って便所はあまり汚れておらず、たちまち掃除がすんでしまう。何かをやらなければならない。両足がぴょんぴょん動きだしてくる。

ぼくは会社の周辺をぐるぐる走りながら考える。水を呑んじゃいけない。会社で水もお茶も呑まない。守れなければ破滅だ。水を断つなら、食物だってそうだ。弁当は喰うまい。弁当の次はなんだ。椅子に腰かけないこと。小便をしないこと。苦あれば楽。苦あれば楽。結局、ぼくは何をしてるんだろう。

便所を出るとき、ふと、ひと足先に死んでしまった赤井のことを思いだした。消毒という連想が働いたらしい。

ぼくは漠然と、死ぬことを一番怖いことのように思っていたが、なんとなく考えが変った。アイディアはいろいろと思いつくけれども、もうへとへとになってしまって何ひとつ実行できそうにない。

赤井、ぼくもそっちに行くよ――、ぼくは珍しく戒律と無関係にそう思った。

（お断り）

本書は1989年に福武書店より発刊された文庫を底本としております。
あきらかに間違いと思われるものについては訂正いたしましたが、
基本的には底本にしたがっております。
また、底本にある人種・身分・職業・身体等に関する表現で、現在からみれば、
不当、不適切と思われる箇所がありますが、著者に差別的意図のないこと、
時代背景と作品価値とを鑑み、著者が故人でもあるため、原文のままにしております。

色川武大（いろかわ たけひろ）
1929年（昭和4年）3月28日―1989年（平成元年）4月10日、享年60。東京都出身。1978年に『離婚』で第79回直木賞を受賞。代表作に『怪しい来客簿』、阿佐田哲也名義で『麻雀放浪記』など。

虫喰仙次

2015年10月11日　初版第1刷発行
2023年7月12日　第2刷発行

著者　色川武大
発行人　石川和男
発行所　株式会社　小学館
〒101-8001
東京都千代田区一ツ橋2-3-1
電話　編集　03-3230-9355
販売　03-5281-3555
印刷所　大日本印刷株式会社
製本所　大日本印刷株式会社
装丁　おおうちおさむ（ナノナノグラフィックス）

ISBN978-4-09-352233-5

P+D BOOKS